生きる

末井昭

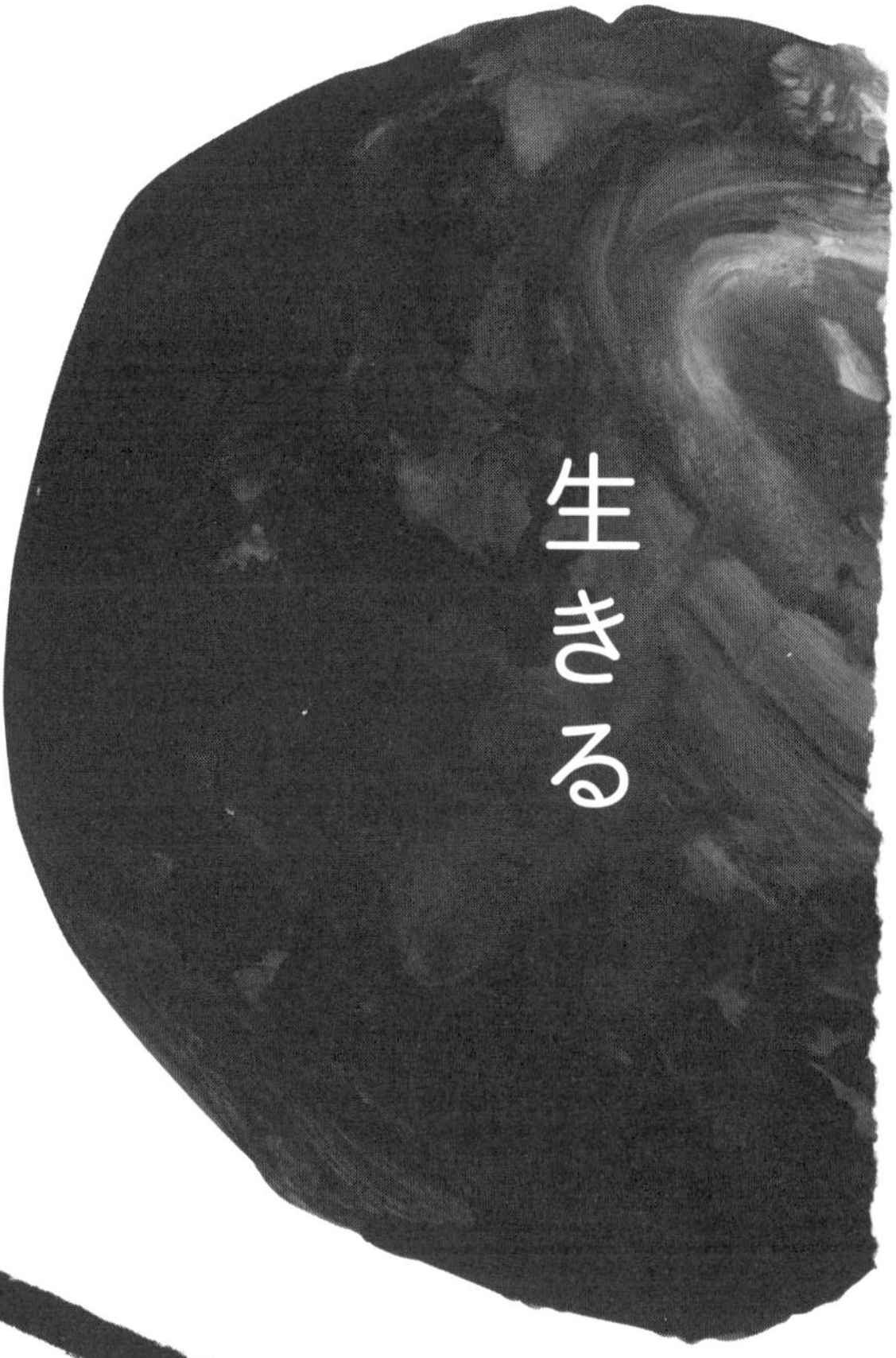

太田出版

はじめに

この本で僕に与えられたミッションは、これまで生きてきた自分の人生を振り返り、138個のエピソードで生い立ちを面白く書くこと、そのエピソードは読んだ人が生きていく上で参考になるものであること、でした。これ、かなりむずかしいですし、締切にも限りがありました。でも、ギリギリのところで何かすることは嫌いではないので、書いてみることにしました。

その昔、僕がまだイラストの仕事をしていた25歳ぐらいのころ、社長ひとりで編集から営業までやっている小さな出版社の仕事をしていたことがあります。

その社長から、30カットのイラストを一晩で描いてくれと言われたことがありました。まず1枚何分で描けば間に合うか計算しました。休みなしで15分ぐらいだったと思います。

なぜそんな無理なことを言われたかというと、次の日そのイラストを印刷所に入れないとその会社が潰れるのです。出版社は取次に新刊を納品したら、翌月その分の何割かの金額を払ってもらえるのです。そのお金を手形決済に回すわけです。その繰り返し、つまり自転車操業という訳です。

会社の運命がかかっているのだから、僕はその実用書のイラストを必死で描きました。眠くなると瞼にセロテープを貼ったり、それでも瞼が落ちて来ると、ペン先で手の甲をチクチク突き刺して目を覚ましていました。手の甲がタトゥーを入れたようになりました。

眠気で線がフニャフニャになったイラストを出版社に持って行きましたが、イラストの出来のことなど何も言われませんでした。間に合ったからいいのです。

その出版社がどうなったかというと、そのあとすぐ潰れました。ある時社長から10万円貸してくれと言われて、僕が断るとその数日後に倒産しました。僕が潰したような気持ちになって、後味が悪かったです。

といったエピソードを138個書くわけですが、こんな話なら書けるかもしれないけど、生きていく上で参考になるかというと、ならないと思います。しかし、あえて参考にしようと思えばできない訳でもありません。「小さな出版社はよく潰れるので気をつけよう」「人にお金は貸さない方がいい」といった教訓が導き出されます。これが参考になるかならないかは読者諸氏にお任せします。

この本のレイアウトを最初に見たとき、ツイッターを思い出しました。ツイッターなどのSNSが発達してみんな長い文章が読めなくなってる、といった話を聞いたことがあります。ということは、この本は今風なのではないかと思ったりしました。

どこから読んでも大丈夫ですので、ちょっと空いた時間などに気楽に読んでください。

『生きる』なんて、黒澤明か根本敬かといった大上段のタイトルをつけてしまいましたが、僕は自分の力で生きてやろうと思っていたのは30年ほど前までで、今は〝生かされている〟と思っています。誰に生かされているかを説明するスペースがないので書きませんが、だから死もそんなに怖くはないんです。

この本は、僕が〝生きる〟から〝生かされている〟に変わっていく本でもあると今気がつきました。そんなことも頭の隅に置いて読んでいただければと思います。

2018年1月　末井昭

目次

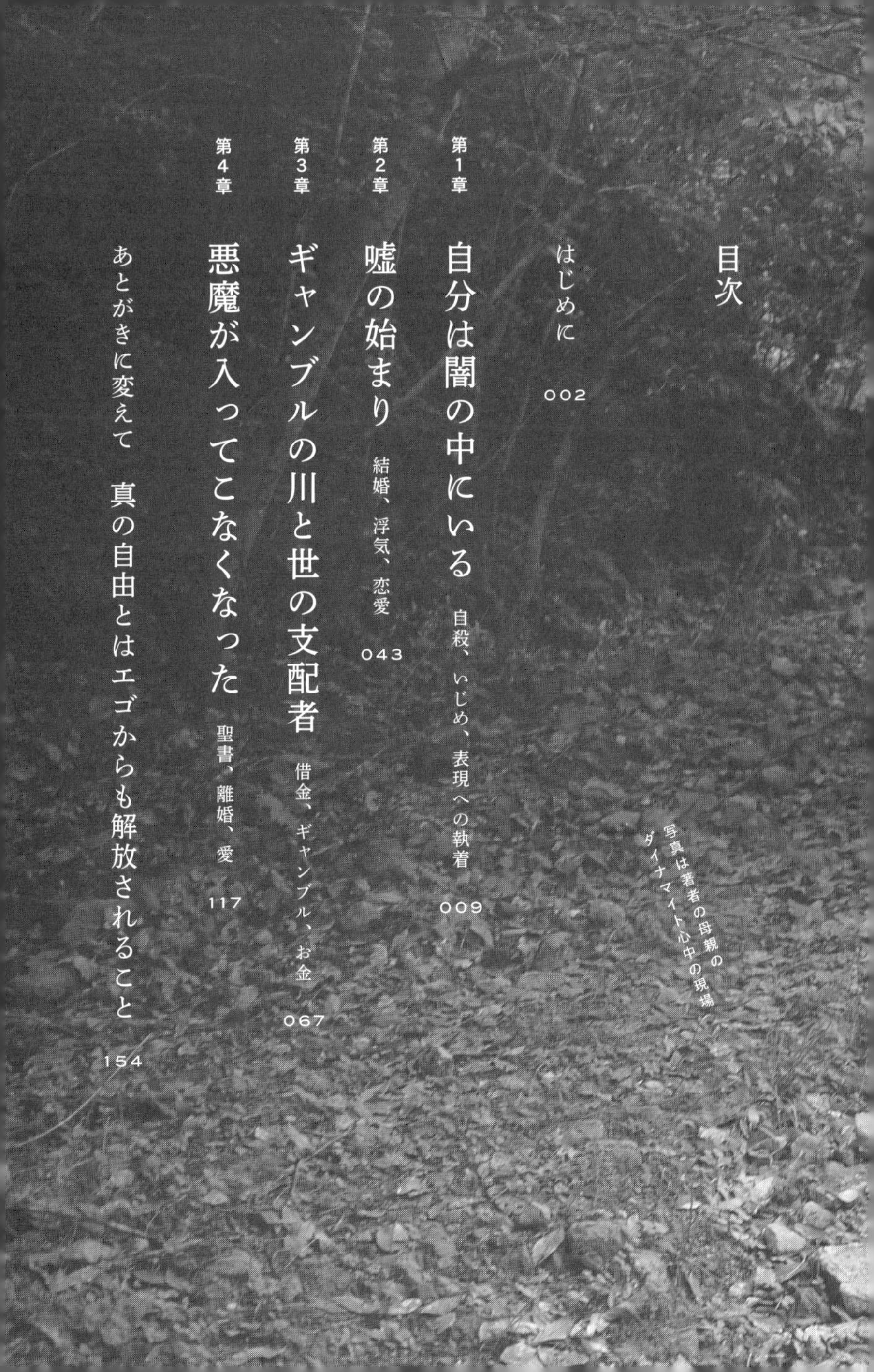

写真は著者の母親のダイナマイト心中の現場

第1章

自分は闇の中にいる

自殺、いじめ、表現への執着

「寂しい」という言葉を知る前から、僕はずっとひとりでした。

僕は母親に抱かれた記憶がまったくありません。親戚の人に聞くと、よく祖母に背負われていたようで、出ない祖母のオッパイに吸いついていたそうです。母に愛情がなかったというより、そのころ、母はすでに病気だったのかもしれません。

母が患った肺結核という病気は、当時は不治の病で、しかも人にうつるタチの悪い病気でした。だから、あまり母親と接することができなかったのだと思います。

村では肺結核の人を〝肺病たれ〟と呼んでいました。それは差別の意味も含んでいました。

子どものころ、自力で山奥の村から町まで行こうと試みたことがありました。

僕が3歳のときに弟が生まれましたが、そのころから母親の病気が重くなり、町の病院に入院しました。入院している病院に連れて行ってもらったのはたったの1回でしたが、それは僕にとって大きなカルチャーショックでした。

病院がある町は、今行けばただのショボい町ですが、山奥の村しか知らなかった僕には大都会に見えました。アーケードのある商店街、食堂、映画館、車が通ったあとの排気ガスの匂い、何もかも初めて体験することばかりで、僕の都会への憧れは、このとき芽生えたのだと思います。

その町へまた行きたいと思ったのか、それとも母親に会いたいと思ったのか、4歳か5歳のころ、自力で山奥の村から町まで歩いて行こうと試みたことがありました。しかし、4キロほど行ったところで連れ戻されてしまいました。

学校から帰ると、家に母親がいて驚いたことを覚えています。

母親が退院して家に帰った来たとき、僕は小学校に入学していました。といっても、僕は小学校に他の子どもよりも1年早く入学していて、1年生を2回やっているのです。たぶん、母親が入院している間、「学校に入れておけば手間が省ける」ということで、親戚か父親かが小学校に頼み込んで、幼稚園代わりに通わせたのだと思います。

1年生のクラスの一番後ろに僕の机はあって、1年生がする勉強を見ていました。学校の成績がいつも一番だったのは、1年生を2回やっているので、勉強のスタートが早かったということもあります。

母親が家に帰って来たのは、僕は正式な1年生として小学校に通っていたときで、学校から帰ると家に母親がいて驚いたことを覚えています。

松茸を弁当のおかずにして学校に持って行くとバカにされました。

母親が帰って来てから、おいしい食べ物がたくさん食べられました。週に1回ぐらい町から食料品を売る車が来ていて、母親はいつも缶詰やら魚肉ソーセージなどをたくさん買っていました。魚肉ソーセージの弁当を学校に持って行くと、みんなから羨ましがられたものです。食べ物でも工業製品が偉かった時代です。

村での食生活は、畑で採れる野菜や山菜などが中心で、ときどきイノシシが獲れると、肉をみんなで分けていました。

松茸を醤油に漬けて焼いたものを弁当のおかずにして学校に持って行くと、みんなからバカにされました。そのころ、松茸はただのキノコで誰も見向きもしませんでした。

今考えればずいぶん贅沢なおかずですけど、そのころは社会的に見ても、松茸には価値がなかったのだと思います。

男の人が来ると家から追い出され、女と男の間には何か秘密めいたものがあるように思いました。

これはあとになって聞いた話ですが、母親が退院して帰って来たのは病気が治ったからではなく、肺結核が治らないところまで進行していて、病院から見放されたからでした。

母親は残り少ない人生を、半ばヤケクソに、やりたいことをやって過ごそうと思っていたのかもしれません。

そのうち、僕が小学校から帰って来ると、男の人が来ていることが多くなりました。男の人が来ると、僕と弟は家から追い出されました。どうしてなのかわからなかったのですが、女と男の間には、何か秘密めいたものがあるように思いました。

母親は血相を変えて家を飛び出し、二度と帰って来ませんでした。

家に男の人が出入りするようになって、母親と父親は喧嘩が絶えなくなりました。

ある日の夕方、大喧嘩が始まり、僕と弟はフトンを被ってそれを見ていました。父親は鬼のような顔をして、大きな火鉢を母親に向かって投げつけました。その火鉢は母親には当たらなくて、土間で壊れて灰がもうもうとたち込めました。

母親は血相を変えて家を飛び出し、そのまま二度と帰って来ませんでした。

母親が死んだとき、大勢の人が家に集まっていて、お祭りみたいでワクワクしました。

最初はすぐに帰って来るものと父親は思っていたかもしれませんが、３日経っても帰って来ないので、ついに町の警察に捜索願いを出し、父親も親戚を尋ねたりして探していたようですが、母親の行方はまったくわかりませんでした。

母親が家を飛び出してから８日経ったとき、まだ昼過ぎだったのに、小学校の先生から「末井くん、すぐ帰りなさい」と言われ、理由もわからないままトコトコひとりで歩いて家に帰ると、村人や町から来た警察官やその他大勢の人が家に集まっていました。

何が起きているのかわからなかったのですが、お祭りみたいでワクワクしました。

ダイナマイトで爆発した母親の心中現場を、クリスマスツリーのようなキラキラしたものを想像しました。

やがて、母親が、家に出入りしていた男の人と、ダイナマイト心中をしたことを知らされました。12月19日のことでした。

場所は家から近い山の中で、山仕事をしている人が、犬がワンワン吠えるので行ってみると、バラバラになった2人の死体があったそうです。

腸が木の枝にかかったりしていたそうですが、その話をあとになって聞いたとき、クリスマスツリーみたいな、キラキラ光っているような綺麗なものを想像しました。

何もない貧しい家にも
ダイナマイトだけは豊富にありました。

貧しくて何もない家なのに、ダイナマイトだけは豊富にありました。

鉱山で働いていた父親が、ダイナマイトを1箱盗んで持って帰っていたからです。もちろん自殺に使うためではなく、畑の邪魔な岩を取り除くときに使ったり、川に投げて魚を捕ったりするためでした。

ダイナマイトは家の床下に置いてありましたが、母親はこっそりそれを持ち出して、自殺に使ったのだと思います。

わが家は村人たちから、特別な目で見られるようになりました。

母親が自殺をして、わが家は注目されるようになりました。村では貧乏は差別の対象ですが、それに母親の心中事件も加わったことで、わが家は村人たちから特別な目で見られるようになりました。

特に母親の心中相手の男の家とは、お互いに口もきかなくなりました。父親はこの事件のあと、勤めていた鉱山を辞め、家でゴロゴロするようになりました。人と顔を合わせたくなかったのかもしれません。

そのため収入がなくなり、食べる物にも困るようになりました。

父親は僕が死にそうなとき、高額なペニシリンを注射してもらうかどうか迷ったようです。

僕が小学校3年生のとき、疫痢にかかって生死をさまよったことがありました。寝かされている部屋の天井をボーッと眺めながら、もうじき死ぬのかなと思っていました。山奥なので医者もいなくて、やむを得ず父親が町から医者を呼んで来ると、1本5万円（今の50万円くらい）もするペニシリンを薦められたそうです。たぶん足元を見られてボラれていたのではないかと思います。

父親はペニシリンを注射してもらうべきかどうか、しばらく考えたそうです。その話を父親から聞いたとき、「自分の子どもが死にかけているときに、金勘定はないだろう」と思いました。

結局そのペニシリンで僕は助かりました。あのとき父親が金をケチっていたら、僕はこの世にいなかったと思います。といっても、父親はそのペニシリン代をウヤムヤにして、結局払わなかったそうです。どっちもどっちです。

自分が透明人間になった気がしました。

ペニシリンのおかげで夏休みが終わるころには疫痢はすっかり治り、２学期から学校に復帰することになりました。

僕は成績がいつも一番で、父親もそれが自慢のタネでした。だから、僕は学校に行くのが大好きで、しかも久し振りだったので嬉しくて早く行ったのですが、何だかみんなの様子がおかしいのです。

教室に入って来る誰もが、僕を見ると視線をそらします。声をかけても誰も返事をしてくれません。まるで僕がいないかのようにみんなが振る舞うのです。

神戸連続児童殺傷事件を起こした酒鬼薔薇聖斗と名乗る少年が、「自分は透明な存在だった」と言っていましたが、このときの僕も、まさに自分が透明人間になったような気がしました。

友だちを呪う言葉をノートに書く暗い子どもになっていました。

無視されるだけでなく、体育のソフトボールのとき、僕が使ったバットもグローブも誰も触ろうとしませんでした。このときは何故そうするのか理由がわからなかったのですが、それからは、体育のときは自発的に休んで見学するようになりました。あとでわかったことですが、僕は疫痢ではなく、母親のように肺結核を患って学校を休んでいることになっていたのでした。

僕は運動神経が割と良い方だったので、ソフトボールやドッジボールが大好きだったのですが、このころからスポーツ全般が嫌いになりました。

昼休みにみんなが校庭で遊んでいるときも、二宮金次郎の銅像の陰に座って、ノートに先生の似顔絵を書いたり、友だちを呪う言葉を書いたりする暗い子どもになっていました。

威張っている大人を見ると、「いじめられたことがないんだろうな」と哀れに思います。

電車の中とか居酒屋とかで、部下にエラソーに威張っている人を見ると、「この人はいじめられたことがないんだろうな」と、哀れに思います。いじめられたことがないから、平気で人をいじめて、人から恨まれたりするのです。

いじめられるのはつらいことです。僕が疫痢で学校を休んでいる間に、肺病の噂を流したのは僕より1学年上のTという男の子でした。Tが噂を流したことがわかってから、僕はTを恨み、家に火をつけてやろうかと思っていました。しかし、Tの家はお宮さん（神社）の鳥居の脇にあり、火をつけたらお宮さんのたたりがあると思って、結局実行に移しませんでした。

僕が犯罪者にならなかったのは、お宮さんのおかげです。

自分の中にもうひとりの自分がいて、そいつがいつも自分を観察しているのです。

僕はこのころから、だんだん人と距離を置くようになりました。人に溶け込まないで、人を観察するようになりました。そして、自分のことも観察するようになりました。自分の中にもうひとりの自分がいて、そいつがいつも自分を観察しているのです。

山奥の村から早く出られますように、出ていく先が楽しいところでありますように、というおまじないをしていました。

僕は友だちがいなかったので、いつもひとりで過ごしていました。山に登るのが好きで、学校から帰るとよくひとりで家の裏山に登っていました。

山の上は空が広く、雲は人間の顔に見えたり、動物に見えたり、怪物に見えたり、形が刻々と変化していくので、いくら見ていても飽きません。その流れる雲の行く先に、いずれ自分が行くところがあるんだろうなと、漠然と思っていました。

山の上から遠くの方をボーッと眺め、心を遠くに飛ばします。この山奥の村から早く出られますように、出ていく先が楽しいところでありますように、というおまじないです。

射精の瞬間は、自分が宇宙と一体化したような気持ちになり、宇宙的な快感が体を貫きました。

中学生になると、山の上でオナニーをするようになりました。そこには、女の人のようなクネッとした太めの木があるのですが、その木を好きな女の子に見立てて、抱きついていました。そして草いきれの中、空を見上げながらオナニーに没頭します。

射精の瞬間は、自分が宇宙と一体化したような気持ちになり、宇宙的な快感が体を貫きました。

後先を考えないから、いろんな経験ができたのではないかと思っています。

ひとりぼっちで過ごす幼少期を送ってきたせいで、人といると居心地が悪くて、ひとりでできることに関心がありました。

将来の希望は、漫画家になることだったのですが、漫画で生活するのは難しいだろうなと、早くから思っていました。

中学生のとき、漫画雑誌に「自宅でできて高収入」と書かれた通信教育の広告があると、ついつい申し込んでしまい、早稲田式速記や孔版《こうはん》（ガリ版）などの教材を取り寄せていました。速記もガリ版もひとりでできるのですが、山奥の村で速記ができても何の役にも立ちません。ガリ版ができても高収入にはなりません。なんで最初に気がつかなかったのか不思議でなりません。

〝バカなのかもしれないけど、僕はいつも〝あとになって気付く〟ことが多いのです。でも、そのことは悪いことだとは思っていません。後先を考えないから、いろんな経験ができたのではないかと思っています。

煙を吐きながら24時間動いている エネルギッシュな工場は、近代の象徴のように見えました。

中学のときに社会見学で行った水島《みずしま》臨海工業地帯を見て、工場に憧れました。煙を吐きながら24時間動いているエネルギッシュな工場は、僕にとって近代の象徴のように見えました。

中学を卒業したら工場で働きたいと思っていました。しかし、学校の成績が良かったせいで、担任の先生が父親に進学を勧めに来て、僕は奨学金をもらいながら高校に行くことになりました。

高校を卒業して大阪の工場に就職したのですが、僕が想像していたところとまったく違っていました。僕は研究室で何かを設計する仕事を想像していたのですが、動いている機械の見張りです。機械は24時間動いていて、それを3交代で見張るのが仕事です。すぐに辞めたくなったのですが、入社して3ヵ月くらいで「辞める」とはなかなか言いづらいので、逃げることにしました。

朝は牛乳配達、昼は工場、夜は目覚まし時計の組み立てでデザイン学校に入る学費を稼ぎました。

逃げるといってもお金がないので、工場近くの家電屋さんでローンでステレオなどを買い、それを寮の同僚に転売し、そのお金を逃げる資金にしました。行き先は、当時父親が出稼ぎで働いていた川崎でした。

川崎でも工場に勤めましたが、工場にはとっくに失望していました。あるとき、デザインという仕事があること、そのための学校があることを知りました。もともと絵を描くことが好きだったので、グラフィックデザイナーになろうと思いました。

デザイナーになるには学校に入るのが一番と思い、朝は牛乳配達、昼間は工場で仕事、夜は目覚まし時計の組み立ての内職と、猛烈に働いて学費を稼いで、青山デザイン専門学校に入学しました。

「モダニズムデザインは自己喪失である」といった観念的デザイン論で頭がいっぱいでした。

昼間は工場で働きながら、デザイン学校の夜間部に通うようになったのですが、学生運動の余波で、昼間の学生たちによってわずか3ヵ月で学校はロックアウトされてしまいました。頑張って入学金を貯めて入ったから悔しかったけど、現場でデザインを学ぼうと、看板や店舗ディスプレイをやっている会社に就職しました。

このころ、モダニズムデザインを批判する『デザイン批評』という雑誌が出ていて、毎号愛読するようになりました。

その雑誌の影響で「モダニズムデザインは自己喪失である。いかに自己を他者に置き換えるかという作業の連続の中で、その行為が大衆への奉仕だと考えている。この責任はデザイナーの内側の問題でありながら外側に放置されてしまっていて、もはや体制となってしまっている」といった、観念的デザイン論で頭がいっぱいになっていました。

心の中では「お前らなんかにわかってたまるか」と思っていました。

あるとき、会社にボーリング場のディスプレイをする仕事が入り、僕もプレゼンさせてもらえることになりました。

女性客が多いボーリング場だったので、テーマは女性に絞りました。「女性たちは虚飾の仮面を被っている。勇気を持ってその仮面を取るのだ！」という大きなお世話のようなことをコンセプトにして、裸のマネキンに天狗のお面をつけたものを天井からぶら下げて、その周りに無数のお面を飾り、〝恋〟とか〝愛〟とか書いたのぼり旗を数本立てるという、アングラ芝居のようなおどろおどろしいデザインを考え、それをパース（完成予想図）にして上司に見せました。

上司は「なんだこれ？」という顔で見ていました。当然、採用されなかったのですが、心の中では「お前らなんかにわかってたまるか」と思っていました。

自分は闇の中にいる。何も見えない闇の中にいて爪を研いでいる。闇から飛び出して人を斬るようなデザインがしたい。

「わかってたまるか」と思いながらも、自分がどんどん孤立していくのもわかっていました。だからといって、バカな連中の中に入って行くのも嫌でした。自意識が肥大していて、人とコミュニケーションが取れなかったのだと思います。

そのころ好きだった言葉は〝闇〟で、ひとりぼっちだった自分の居場所を闇と定めていました。孤独だから闇の中に引きこもるのではなく、闇の中にいて爪を研いでいるというイメージでした。そしてあるとき、その闇から飛び出して人を斬る、そんなデザインをしたいと思っていました。

ビルの上から機関銃でサラリーマンを全員ぶち殺したいと妄想していました。

当時の学生運動の影響もあって、資本家や中産階級や、それにシッポを振る政治家や警察官が敵だと思っていました。商業主義にまみれ、美化運動みたいなことしかできないデザイナーも敵でした。

そして、自分の孤独の裏返しで、群れていることに嫌悪感を持っていました。もし機関銃があれば、ビルの上から、同じような背広を着たサラリーマンの群衆を、全員ぶち殺したいという妄想に陥ることもありました。

孤独というものは、人を危ない状態に追い込むこともあります。

テロリストの気持ちにシンパシーを感じることがあります。

今、世界のあちこちでテロが起こっています。闇の中に潜み、爪を研ぎ、あるときその闇から飛び出し人を斬る、というイメージは、テロリストを想定していたかもしれません。

イスラム国のテロも、テロの実行犯は居場所のない孤独な青年なのかもしれません。アメリカで起こっている銃乱射事件もそうかもしれません。

人を殺すこと、しかも無差別に殺すことは、絶対してはいけない憎むべきことですが、それをやってしまった人に対して、内に抱えた孤独ということでは、シンパシーを感じることがあります。

自分の命を捨てて、人権をはく奪された人たちのために戦う人を否定することはできません。

その昔、オリオンの三星になることを誓って、リッダ闘争に参加した3人の日本の若者がいました。このリッダ闘争、通称テルアビブ空港乱射事件では、28人が死亡し73人が負傷しました。日本から参加した彼らは、2人が死亡し、1人が捕えられました。この事件のことがいつまでも頭に残っています。

僕はテロを肯定しているわけではありませんが、自分の命を捨てて、人権をはく奪されている人たちのために戦う人を、否定することはできません。

自分のデザインが自由に表現できる場所はキャバレーしかないと思いました。

悶々とした気持ちを持ちつつ看板のデザインをしていたころ、会社の同僚で唯一信頼できる友だちがいました。

彼も、僕が愛読していた『デザイン批評』を読んでいて、仕事が終わったあと、夜が明けるまでデザインについて語り合ったり、交換日記みたいにお互いノートを交換したりしていました。

その彼が会社を辞めて、キャバレーに勤めることになりました。蒲田にあるキャバレー3店舗のチラシや看板を任されたそうです。

しばらくして彼に会ったとき、彼が作ったポスターを見せてくれました。黒い太陽をバックに、ハイビスカスの花が咲き乱れる中で女がフェラチオをしている絵が入ったポスターで、それを見てものすごい感動と嫉妬を覚えました。

自由に表現できる場所はキャバレーにしかないと思い込み、僕も上野にあったキャバレーに転職することにしました。

しかし、入ってみるとキャバレーはキャバレーでしかありませんでした。

僕が入ったキャバレーの宣伝課はスタッフが20人ほどいるところで、黒い太陽を描いた彼のように自由な表現はできませんでした。

日々の仕事はチラシや新聞広告のデザインです。チラシの打ち合わせをキャバレーの店長とすれば、「今度、オシンコ祭りっていうのをやろうと思ってるんだけど、チラシ作ってくれない？　ほら、オシンコのところのシを丸にしてさ、〝おらが国さのオ◯ンコ祭り〟ってどう？」と、店長は嬉々として言います。

もう「モダニズムデザインは自己喪失である」とか言ったところで、何の意味もありません。キャバレーはキャバレーでしかなかったのです。

キャバレーの塔を作るとすれば、シンボライズすべきものは勃起したチンポだと思いました。

そんな中で唯一、達成感のあった仕事がチンポの塔でした。

１９７０年の万博にちなんで、新たにオープンするキャバレーのイベントを万博になぞらえたものにしようと決まり、フロアの真ん中に太陽の塔のようなものを作ることになり、僕がその製作担当になったのです。

万博のシンボル太陽の塔に対して、キャバレーの塔は何をシンボライズすればいいのだろうかと考えました。

お客さんは何故キャバレーに来るのか。それはホステスさんがいるからだ。ホステスさんとうまくいけばセックスできるかもしれないと思うからだ。ということは、シンボルは勃起したチンポではないか。よし、チンポの塔を作ろう！　そう思ったのでした。

自分が神様を作った気持ちになって嬉しくなりました。

亀頭の部分は発砲スチロールを彫刻し、蛍光ピンクのペンキを塗りました。店内の照明はブラックライトを使っているので、暗闇にピンクのチンポが浮かび上がるという、見事になまめかしいものになりました。

しかし、「あまりにリアル過ぎるから警察が来るんじゃないか？」と店長が言い出し、悲しいことにチンポの塔には唐草模様の風呂敷がかけられることになってしまいました。

ところが何日かして、ホステスさんたちが風呂敷がかけられたチンポの塔を拝んでいるという噂が耳に入りました。チンポの塔を拝むと指名が取れるのだそうです。その話を聞いたとき、自分が神様を作ったような気持ちになって嬉しくなりました。

真夜中の道路で、裸になってペンキを被り転げまわってイラストレーションを描きました。

チンポの塔は達成感があったものの、依然仕事と言えば、〝紅く染まった紅葉の祭典〟だとか〝おぼこ娘のきのこ狩り〟といった店で行うイベントのチラシ作りで、暗いデザインをすると、課長から「こんなもので客が来るか！」と怒鳴られました。

だんだんモヤモヤが溜まってきて、僕は上野でストリーキングすることにしました。夜中に真っ裸で上野の町を走り回り、看板用の赤の水性ペンキを頭から被って、道路を転げ回りました。

気がふれたわけではありません。僕にとって一世一代の自己表現のつもりでした。ペンキを被って道路を転げ回ったのは、みんなが寝静まっている真夜中に、自分は体でアスファルトにイラストレーションを描くというイメージが頭の中にあったからです。

みんなというのは、僕が嫌いだったカッコいいだけで人間味のないデザインをしている、モダニズムに洗脳されたデザイナーたちのことです。

人は独りで誕まれ、独りで生きて、独りで死んで逝くものだと思っていました。

ストリーキングをやったあと、僕は抜け殻みたいになってしまい、キャバレーにもだんだん行きづらくなって辞めてしまいました。

今思えば、「お前らにわかってたまるか」と思ったり、社会を敵に回した気持ちになっていたのは、人とコミュニケーションが取れないコンプレックスの裏返しでした。

当時の僕のアイドルは、連続射殺魔の永山則夫《ながやまのりお》でした。彼が獄中で書いた『無知の涙』は、当時の僕の聖書のようなものでした。「独りで誕まれて来たのであり　独りで育って来たのであり　独りでこの事件をやったのであり　とある日　独りで死んで逝くのだ　そこには　他との関係は一切れも存在しない　まるで　路傍の小石のように」という詩（無知の涙）に自分の孤独を重ねて、孤独のロマンティシズムに酔っていたのでした。

第2章

嘘のはじまり

結婚、浮気、恋愛

初めてのデートは文通相手と大阪でしました。ブスでした。

僕の初恋は小学校のときの同級生でしたが、内向的な性格だったので相手に言えないままでした。高校生のころ、雑誌の文通コーナーでペンフレンドになった大阪の美容師をやっている女の子と文通を始めました。文通は僕が高校を卒業するまで続いたのですが、僕が大阪の工場に就職することになったとき、思い切って「大阪に就職したから会いませんか」と、彼女に手紙を出しました。

難波で待ち合わせをして、ドキドキしながらその文通相手と会ったのですが、「あれ？」というほどブスでした。ブスでも良かったのですが、自分が田舎者丸出しのような気がしておどおどしていました。「ナンバ一番」というジャズ喫茶に行ったのは覚えていますが、あとは何も覚えていません。

その日以来、彼女から手紙は来なくなりました。血走ったような目をしておどおどするブ男の僕に、失望したのではないかと思います。それで、ますますコンプレックスが強くなりました。

「窓のついた4畳半」というリッチな部屋に住む女性が気になっていました。

大阪の工場から逃げて、父親が住む川崎に来たとき、最初は父親が住んでいる、平間というところにある狭いアパートに転がり込んでいましたが、毎日グチばかり言う父親といると気持ちが滅入ってしまうので、ひとり暮らしをする決心をしました。

たまたま電柱に貼ってあった「家賃3000円」の貼り紙を見て、多摩川に近いところにある平屋の3畳間を借りることにしました。家主はその家のお婆さんで、小遣い稼ぎとひとり暮らしの不用心さから、使っていない部屋を人に貸していたのでした。

僕が借りたのは窓のない3畳間でした。窓のある玄関横の4畳半の部屋には、すでに女性が住んでいて、そのリッチな部屋に住んでいる女性が気になっていました。

一緒に電気ゴタツに入っていると、抱き合ったりするのも時間の問題でした。

冬場、寒いので小さな電気ストーブを買ってきました。スイッチを入れるとバシッとヒューズが飛んで、真っ暗になってしまいました。家主のお婆さんがやってきて、「電気ストーブは電気を食いますからねえ」と恨めしそうに言います。まるで僕が悪いことでもしたかのように言うのですが、みんなが暖房器具を使っているので電気の容量が目一杯になっていて、一番遅く帰って来た僕の使う分がなかっただけだったような気がします。

僕がヒューズを替えていたら、4畳半の女性が「こっちにコタツがあるから来ませんか？」と声をかけてくれました。女の人と一緒に電気ゴタツに入るなんて初めてのことで、嬉しいけどかなり緊張していました。

それからときどき彼女の部屋にお邪魔するようになったのですが、一緒にコタツに入っていると緊張も解け、抱き合ったりするのも時間の問題でした。

彼氏が来ているときは、自分の部屋で「早く帰れ、早く帰れ」と念じていました。

彼女は僕より一つ年上の綺麗な人で、工場に勤めていました。彼女の部屋に出入りしているうちに、彼女のことが本当に好きになったのですが、彼女には付き合っている彼氏がいて、その人がときどき下宿に来ていました。

あるときトントン音がするので何かと思ったら、その彼氏が襖《ふすま》と引き戸に鍵を付けているのでした。襖なんか蹴飛ばせば外れるのに、襖に鍵などを付けるところが何ともセコイと思いました。

彼氏は週に1回ほど来ていました。彼氏が来ているときは、いつも自分の部屋で「早く帰れ、早く帰れ」と念じていました。

僕は絶対に彼女を渡さない思いで多摩川の土手に向かいました。

彼女は、僕にとって生まれて初めての恋人です。彼氏がいようがいまいが、いまさら諦めることはできません。というより、嫉妬心からさらに彼女を独占したい気持ちが強くなります。

あるとき、彼氏に僕と付き合っていることがバレてしまったようで、彼氏から「多摩川の土手で話し合おう」と言われました。

その話し合いの日、「もしかして決闘になるかもしれないぞ」と思いながら、絶対に彼女を渡さないという思いで、多摩川のガス橋近くの土手に向かいました。

土手で彼氏と彼女と僕が会いました。話し合いのとき、その人が何度も言ったのは、「お前には生活能力がないだろう」ということでした。その人は僕より15歳ほど年上で、川崎のカメラ工場に勤めている工員でした。確かにその人に比べれば収入は少ないかもしれないけど、僕は「彼女を絶対に養ってみせる」と言いました。ハッタリでもなく、本気でそう思っていました。

「どっちを選ぶんだ」と言うと、彼女は「どっちでもいい」と言うのでズッコケそうになりました。

話し合いの決着がつかないので、彼氏は彼女に向かって「じゃあ、どっちを選ぶんだ」と言いました。すると彼女は「どっちでもいい」と言うので、僕はズッコケそうになりました。「どっちでもいい」はないんじゃないかと思いましたが、そうとしか言えなかったのかもしれません。

彼氏もまさか彼女がそんなことを言うとは思っていなかったようで、かなりガックリしていましたが(自信があったんですね)、結果的に彼女は僕と付き合うことになったのでした。

しかし、彼女が僕と付き合うようになったあとも、彼氏はストーカーのようになって、夜中に下宿を覗きに来るようになり、何をされるかわからないので逃げることにしました。逃げた先は、祐天寺《ゆうてんじ》にある6畳1間にキッチン、トイレ付きのアパートでした。

罪悪感やら不安感、社会の底辺にいる絶望感などが襲ってきて、涙がこぼれました。

祐天寺で暮らすようになって、僕たちは結婚しました。結婚してしばらく経って、僕はキャバレーを辞めて失業します。「俺が絶対に養ってみせる」と、多摩川で言った僕でしたが、結局は妻に食べさせてもらうことになったのでした。

妻はアパートの大家さんがやっている双眼鏡のケースを作る工場で働いていました。工場は僕たちが住んでいるアパートの一階にありました。僕は夜遅くまで本を読んだりしていて、起きるのはいつも昼ごろでした。窓の外からコトコト音が聞こえるので、カーテンの隙間から覗いてみると、大家さんの家の物干し台で、妻がひとりで双眼鏡のケースを干していました。

このとき、僕は妻に声をかけられませんでした。妻を働かせている罪悪感、自分が何をやったら良いかわからない不安感、絶対に這い上がることができない社会の底辺にいるような絶望感などが襲って来て、涙がポロポロこぼれました。

内職の現場を妻のお父さんに見られ、「1枚いくらになるのか」と聞かれました。

やがて僕は、新聞広告で見つけたガラスに金箔を貼る内職を始めました。やっとひとりでできる仕事を見つけたのですが、高収入にはなりませんでした。

そんなとき、妻のお父さんが東京に来たついでにうちに来ることになりました。大変です。娘婿がアパートで内職のようなことをやっていたら、どんなお父さんだって心配になると思います。内職の現場をお父さんに見せたくなかったのですが、納品日が決まっていたので、お父さんが来たあとも仕事をしていました。

妻は食事の支度をし、お父さんは僕の内職をじっと見ていました。たまりかねたようにお父さんが「それは1枚いくらになるのか」と言いました。1枚2千円くらいだったと思いますが、そんなことしかできない自分が情けなくなりました。

切羽詰まっているときは、人目は気にならなくなるものです。

キャバレーに勤めていたときの知り合いから電話があり、「いま池袋のピンクサロンで店長をしているので、看板を作って欲しい」と言われました。作業場もないし、運転免許も車もなかったのですが、お金が欲しかったので引き受けました。

場所がないから看板はアパートで作るしかありません。材木屋からベニヤや角材を買って来て看板を作り、それに紙を貼り、水性ペンキで絵や文字を描いてビニールをかければでき上がりです。

それを新聞紙でくるみ、電車で池袋まで運びました。ちょうど帰りのラッシュ時と重なり、乗客からイヤな顔をされたのですが、「生活のためだ。文句あるか」と睨み返していました。

看板は畳1枚より大きいし、新聞紙で包んでいるから余計目立つし、恥ずかしいと思って当然なのですが、恥ずかしいなんてまったく思いませんでした。切羽詰まっているときは、人目なんて気にならなくなるものです。

「みんなブッ壊れてしまえ！」とブツブツ言いながら看板を描いていました。

僕が描く看板は人気があり、注文はどんどん増えました。これ以上アパートで作るのもむずかしいと思っていたら、店長がピンクサロンの地下室を作業場に貸してくれることになりました。

12月になると、看板やポスター、メニューなどを作る仕事が急激に増えます。その年のクリスマスイブの日も、地下室で看板を描いていました。地下室は暖房がなく、寒くて手もかじかんできます。上の店からは、ドリフの歌に合わせて「♪いい湯だな～ いい湯だな～ それ、チンコマンコ！」とバカ騒ぎしているのが聞こえてきます。僕は「みんなブッ壊れてしまえ！」とブツブツ言いながら看板を描いていました。

その日の19時過ぎに、新宿の追分《おいわけ》派出所でクリスマスツリーに模した爆弾が爆発しました。それを仕掛けたのは僕の身内であることがあとからわかり、因縁を感じました。

池袋西口の歓楽街は欲望再生産通りで、歩けば歩くほどモヤモヤが増幅されました。

あるとき、ピンクサロンの地下室で看板を描いていたら、遅れて出勤して来たホステスさんが僕のそばに来て、「それ1枚描いていくらになるの?」と聞きました。僕が正直に答えたら、「ふーん、今夜飲みに行かない?」と言いました。

キャバレーに1年以上勤めていましたが、ホステスさんと付き合ったことは1回もありません。デザインのことばかり考えていてそういうことに興味がなかったのですが、池袋でひとりで看板を描くようになってから、いつもモヤモヤするようになりました。

仕事が終わっても駅に向かわず、ポケットの中のお金を握りしめて、怪しい横丁をウロウロ歩き回ったりしていましたが、そういう店に入る勇気もなく、ただ通り過ぎるだけでした。歩けば歩くほどモヤモヤは増幅されます。池袋西口は欲望再生産通りです。ホステスさんの誘いに乗ったのも、僕がいつもモヤモヤしていたからだと思います。

ホテルで一夜を過ごしたホステスさんが、朝になったとき「集会は好き?」と聞きました。

「店が終わったら行くから待っててね」と言われたので、指定された深夜喫茶で待っていると、そのホステスさんが本当に来ました。

深夜喫茶を出て、ホステスさんと飲みに行きましたが、当時の僕はお酒がほとんど飲めず、ビールを1本くらい飲んだらフラフラになりました。そのあと、店を出てからホステスさんと腕を組んで歩き、ホテルに入りました。初めての浮気でした。

酔っていたし、どんなことをしたかはよく覚えていないのですが、朝になったとき、彼女から「集会は好き?」と聞かれました。

集会というと、当時は学生運動の集会もあったけど、どうもそういう雰囲気ではなさそうだったので、「いや、集会はあんまり」と言いました。そのホステスさんと会ったのはそれっきりでした。

ホステスさんと別れて、妻に電話で帰らなかったことの言い訳をしました。妻に嘘をついたのはこれが最初だったと思います。

ある日、吉本さんの奥さんから、「飲みに行かない？」と誘われました。

僕がキャバレーのときの友だちに紹介されてエロ本の仕事を始めたころ、以前いたディスプレイの会社で営業をしていた吉本さんという人が独立して、自分のデザイン事務所を立ち上げました。

吉本さんは僕の訳のわからないデザイン論を熱心に聞いてくれていた人で、「手伝ってくれないか」と言われたときは、一も二もなく「やります」と答えました。そのデザイン事務所は四ツ谷にあり、忙しいときだけそこに僕が手伝いに行くことになりました。

夜中まで仕事をしているとき、差し入れを持って来る中年の綺麗な女性がいました。出版社に勤めている吉本さんの奥さんでした。

またあるときは、若い水商売風の女性が差し入れを持って訪ねて来ることがありました。吉本さんの愛人でした。

ある日、吉本さんがいなくて僕ひとりで遅くまで仕事をしていたら、吉本さんの奥さんが現れました。そして、「飲みに行かない？」と誘われました。

素肌にネグリジェだけをつけた奥さんが入ってきて、僕の上に覆い被さりました。

そのころは僕もお酒が少し飲めるようになっていたのですが、お酒は奥さんの方が強くて、高円寺の飲み屋で僕の方が先に酔いつぶれてしまいました。奥さんが「うちに来る?」と言うので、フラフラ歩きながら、奥さんと高円寺にある吉本さん夫婦のアパートに向かいました。

2間続きの奥の部屋にフトンを敷いてもらって寝ていたら、素肌にネグリジェだけ着た奥さんが立っていて、僕の上に覆いかぶさりました。そのまま奥さんが上になってセックスをしました。

季節は初秋のころでした。窓から月明かりが差し込み、その月明かりに照らされた奥さんがとてもエロチックに見えました。

裸のまま2人で寝ていると、アパートの鉄階段を登る靴音が響いてきました。

セックスが終わって、裸のまま2人で寝ていると、アパートの鉄階段を登る靴音がカンカンカンカンと響いてきました。と同時に、奥さんの表情が変わり、「今日は帰って来ないと言ってたのに…」と、独り言のように言いました。

アパートのドアが開く音がしました。奥さんは慌てて着替えをして隣の部屋に行き、僕がいる部屋の襖を閉めました。あたふたしても仕方がないので、僕は裸のままフトンを被っていました。隣の部屋から言い争いをしている声が聞こえて来ました。原因は吉本さんに愛人ができたことのようで、奥さんは泣いていました。

しばらくして襖が開いて、誰かが入って来ました。たぶん吉本さんだと思い、一瞬緊張が走りました。

フトンを剥《は》がされ吉本さんと目が合いました。吉本さんは静かな声で、「君か…」と一言だけ言い、隣の部屋に行きました。吉本さんは出て行ったらしく、またカンカンカンと靴音が響きました。

「そこは僕たちの部屋だから、君はとりあえず出て行ってくれ」と言われました。

しばらくして、奥さんが部屋に入って来たので、今度は僕が上になってセックスをしました。僕はそのまま寝てしまい、起きたら朝の9時ごろだったようです。奥さんはすでに起きていて、朝食を作っているようでした。

奥さんに作ってもらった朝食を食べながら、妻にどう言い訳をしようか、ぼんやり考えていました。奥さんは、「あなたのすべてが欲しい訳じゃないのよ。一部だけでいいのよ」と言いました。「〝一部〟ってどういうことなのだろう。ときどき会うということなのかな」と思ったりしていると電話が鳴りました。吉本さんからで、僕に代わってくれと言っているようなので電話に出ると、「そこは僕たちの部屋だから、君はとりあえず出て行ってくれ」と言われました。ごもっともです。自分が厚かましい人間のようで、恥ずかしくなりました。

「こんなことして奥さん抱けるの?」と、思ってもみなかったことを聞かれました。

そのときどきで、どんな言い訳をしたかは覚えていませんが、浮気をするたびに妻に嘘ばかりついていました。

雑誌の編集を請け負うことになったとき、ひとりではできないので知り合いの女性に手伝ってもらうことにしました。

その彼女と歌舞伎町を歩いていたとき、急に雷雨になり、2人ともずぶ濡れになりました。彼女に「このままじゃ帰れないから、ホテルに入って乾かしてから帰らない？」と言い、「何もしないから」と付け加えました。

迷っている彼女を半ば強引にラブホテルに連れ込み、セックスをしました。彼女は処女でした。

服も乾いたのでホテルを出ました。2人で歩いていると、「こんなことして奥さん抱けるの？」と、思ってもみなかったことを聞かれました。

抱けるかもしれないと思いましたが黙っていました。

夜が明ける前に家に帰って
ベッドに潜り込めば完全犯罪成立です。

それからは、その彼女とセックスばかりしていました。

問題はラブホテルでセックスしたあとです。夜が明ける前に家に帰ってベッドに潜り込めば完全犯罪が成立しますが、夜が明けたらすべてがあからさまになってしまいます。なるべく早く家に帰りたいのだけど、セックスが終わってすぐホテルを出るのは、いかにもセックスだけが目的だったように相手に思われてしまいます。

セックスが終わったあと、2人でベッドに入って抱き合っていると、相手がスヤスヤ眠ってしまうことがあります。そういうときは、天井をグッと睨んで眠らないようにするのですが、これを2時間、3時間やるのはかなりつらいものです。お酒なんか飲んでいるとついつい眠ってしまって、電話のベルで起こされることもあります。電話はフロントからで、「お客さん、延長しますか?」と言っています。「しまった!」です。

妻に本当のことを言わないことが愛だと思っていました。本当のことを言うと妻が悲しむからです。

妻には、編集の仕事は徹夜になることが多いと言っていました。それは嘘でもなく、校了間際などは徹夜になることもたびたびありました。だから僕が浮気して帰らなくても、僕を疑わなかったと思います。

しかし、嘘をつくたびに僕の中に罪悪感が沈殿していきました。愛人とホテルにいたのに、朝まで仕事だったと嘘をつくと、妻に「そんなに仕事をして体を壊さないでよ」と言われました。そう言われると、罪悪感が倍増しました。

僕は妻に本当のことを言わないことが愛だと思っていました。本当のことを言って、妻を悲しませたくないと思っていました。

しかし、本当のことを言って、妻から軽蔑されるのが怖いということもあったと思います。

嘘ばかりついていると、自分がどんどん弱くなっていきます。

ルール違反で家に電話して来る女の人もいました。その電話に妻が出て、「女の人が怒ってるわよ」と言います。電話を代わると、その日待ち合わせをしていた相手からでした。約束をすっかり忘れていたのでした。「私をなんだと思ってるの！」と怒り狂っています。ひたすら謝って電話を切ると、「誰なの？」と妻が言います。僕は「頭のおかしい人だよ」と言って誤魔化していました。

偶然、誕生日が同じ2人と付き合っていたことがあります。恋愛中の男と女にとって誕生日は特別な日です。しかし、どちらかの誕生日をずらさないといけません。「今日は仕事があるから明日お祝いをしよう」と嘘をついて、もう1人の人と誕生日のお祝いをしていました。そんなことをしているとクタクタになります。しかも嘘ばかりついていると、どんどん自分が弱くなります。何でこんなことをしてるんだろうと思うときがたびたびありました。

セックスは愛の入口でもあり、地獄の入口でもあります。

何でこんなことをしているのか？

やはり最初はセックスが目的です。しかし、セックスはすぐ飽きてしまいます。セックスに飽きてしまうと、2人の関係が恋愛の残骸のようになります。それでも別れないのは、情が湧いて来ることと、相手から嫌われたくないからです。

しかし、本当に最初はセックスだけが目的だったのでしょうか？　そんなことを聞かれても読者のみなさんは困ると思いますが、それだけではなかったような気もします。何か心のよりどころを求めていたのかもしれません。

セックスは愛の入口です。と同時に地獄の入口でもあります。愛に到達できず、情に振り回され、別れることが怖くてビクビクしていれば、恋愛地獄に落ちてしまうのです。

セックスが奥手だった僕は、愛し合う先にセックスがあると思っていました。

おそらく、セックスが奥手だった僕は、愛し合う先にセックスがあると思っていたのではないかと思います。だからやたらとセックスを求め、その相手が他の人とセックスをすると異常に嫉妬し、セックスに飽きるとどうしていいかわからなくなり、恋愛の残骸だなんて言っているのです。

だから、本当は愛のようなものを求めていたのです。セックスなんてただの生理現象で、セックスしたからそこに愛があるわけでもなかったのです。

では〝愛〟とは何なのか、人を愛するということはどういうことなのか、僕にはそのことがまるっきりわかっていませんでした。

第3章

ギャンブルの川と世の支配者

借金、ギャンブル、お金

子どものころは、世の中にお金というものがあることを知りませんでした。

僕が生まれた山奥の村では、どの家も田んぼで採れる米と畑で採れる野菜で自給自足していました。

山に行けば山菜やキノコがあったし、不足しがちなタンパク質は、川魚を獲ったり、イノシシを獲ったり、鶏を飼ったりして補っていました。

たまに町から食品を売る車が来ていましたが、みんな米で買っていました。米が貨幣の代わりをしていて、お金そのものを目にしたことはほとんどありませんでした。

だから子どものころは、お金というものが世の中にあることを知らなかったのです。

田畑を売り尽くしてしまったので、お金がないと食べられなくなりました。

田畑があれば、お金がなくても食べていくことだけはできたのですが、母親が肺結核で町の病院に入院したので、その費用が必要になりました。村での現金収入は鉱山で働くことで、父親も鉱山に勤めていましたが、その収入ではまかないきれなかったようで、少しずつ田んぼを売り始めました。

母親が退院して家に帰って来たころは、田んぼもわずかになっていましたが、その田んぼも母親の贅沢のために全部売ってしまい、わが家はお金がないと食べられなくなってしまいました。

母親が近所の男とダイナマイト心中してから、父親は働く気力を失い、家に引きこもるようになったので、食べる物にも困るようになりました。父親が口癖のように言う「金があればなぁ〜」という呪文のような言葉で、僕はお金がなければいけないということを刷り込まれました。

人からお金を借りることはしてはいけないことだと思っていました。

父親が働かないので、人の畑の野菜を盗みに行ったり、夜中に弟と2人で栗林の栗を盗みに行ったりしていました。僕が木に登って枝を揺すり、弟は落ちた栗を拾う係だったのですが、頭に栗のイガが次々当たるので弟は泣き出しました。

さすがにこれじゃあマズイと思ったのか、父親は行商の仕事を始めました。町で食品を買ってきて、それを木の箱に入れて自転車で家々を回るのです。売り物の食品の中にはお菓子もあり、いまみたいに包装されていなかったので、僕と弟はお菓子に触ってその指を舐めていました。それを何回も何回も繰り返します。

その唾だらけのお菓子を売ったのが原因ではないと思いますが、行商の仕事は長くは続きませんでした。

父親の弟は町でタンス店をやっていて金持ちだったので、父親はよくお金を借りに行っていました。それを見ていたので、人からお金を借りることだけはしてはいけないと思っていました。

最初にもらった給料で食べたものはチキンラーメンでした。

僕は早く学校を卒業して、工場で働いてお金を稼ぎ、そのお金でおいしい物を食べたいと思っていました。

高校を卒業して大阪（枚方市《ひらかた》）の工場に勤め、初めて給料をもらったので、寮の近くの食堂にラーメンを食べに行きました。そのころは、一番食べたい物というと、ラーメンぐらいしか頭に浮かばなかったのです。

ところが、食堂に行って「ラーメンください」と言うと、出てきたのはドンブリに入ったチキンラーメンでした。僕は「あれっ？」と思ったのですが、食堂のオヤジは、平然と大きなヤカンを持って来て、ドンブリにお湯を注ぎました。

それでも充分おいしいと思いました。

妻を働かせて自分が何もしていない自己嫌悪で、妻を働かせなくても生活できるほどのお金が欲しいと思うようになりました。

工員、牛乳配達、目覚まし時計の組み立て、看板やディスプレイのデザイン、キャバレーのチラシのデザインと、いろんな仕事をしましたが、収入はいくらもありませんでした。

しかし、そのころ流行りの左翼思想にかぶれたり、デザインで自己表現することにこだわったりしていたので、貧しいということはそれほど苦ではありませんでした。逆に貧しいことの方が美しいとも思っていました。

お金が欲しいと思ったのは、キャバレーを辞めて妻に食べさせてもらっていたころでした。妻を働かせて自分が何もしていないことからくる自己嫌悪で、妻を働かせなくても生活できるほどのお金が欲しいと思うようになったのです。

自分の中に、平凡な日常に収まることができない魔物がいるのかもしれません。

ピンクサロンの看板を描くようになったころから、収入が増えてきました。収入が増えてくると浮気をするようになりました。

出版の仕事を始めるようになって、セルフ出版という会社の立ち上げに参加し、名前だけの役員になってローンが組めるようになり、小田急線の向《むこう》ヶ《が》丘《おか》遊園《ゆうえん》というところに建て売り住宅を買いました。妻は家を持てたことをとても喜んでいました。

ところが、家を持ち、生活が安定してくると、なぜか空虚な気持ちになってきます。

自分の中に、平凡な日常に収まることができない魔物が棲んでいるのかもしれません。

そのあと、女の人とやたら恋愛したり、商品先物取引に手を出したり、ギャンブル漬けの毎日を送るようになったりしたのは、魔物のせいで安定した生活を破壊したくなったからかもしれません。

少女雑誌を創刊したのは、平凡な日常から脱出したいという気持ちがあったからだと思います。

ある女の子との出会いから、『MABO』という少女雑誌を1987年に創刊したのは、同じことが続く日常から脱出したいという気持ちがあったからかもしれません。80年代の初めに創刊した『写真時代』という雑誌が発行部数35万部にもなって、会社の屋台骨みたいになっていました。それまで僕が創刊した雑誌は、だいたい3年以内に発禁か廃刊になっていたので、5年も6年も続くとだんだん飽きてきました。それで、少女の世界を覗いてみたくなったのでした。

『MABO』は少女たちを救う雑誌でした。この社会の中に、少女たちの居場所がないような気がして、彼女たちの居場所を作ってあげる雑誌でした。しかし、それは余計なお節介だったようで、まったく売れませんでした。

社長から9割返品という数字を見せられるともうお手上げでした。

社長からは「いつまで続けるの？」とお荷物のように言われました。しかし、すぐやめるわけにもいきません。

雑誌を創刊するとたくさんの人が関わります。編集部も新たに募集した4人の女の子がいました。そういう人たちの生活もあります。なんとかして雑誌を維持したいと思っていたのですが、社長から9割返品という数字を見せられるともうお手上げでした。

『MABO』のことに加えて、そのころ付き合っていた女の子の自殺未遂や、『写真時代』と『MABO』の両方の編集をやっていた忙しさや、何やらかやらで相当疲れていて、気持ちが落ち込んでいました。そして、『MABO』の廃刊とともに、自分も会社を辞めてしまいたいと思うようになりました。

やたらテンションが高い先物取引の営業マンに、テンションが低い僕はつい引き込まれてしまいました。

心が落ち込んでいるときに、悪魔は現れるものです。

『MABO』の編集部に、商品先物取引の営業マンが突然やって来ました。こういうのを飛び込み営業というのだと、あとから知りました。

その営業マンは、金《きん》を買いましょう、いまがチャンスです、100万で1000万ぐらい儲かりますよ、家を建てましょう、えっ？　家はある？　じゃあもう1軒建てましょう！　などとやたらテンションが高かったので、テンションが低い僕はついつい営業マンのセールストークに引き込まれてしまいました。

そして、1000万あれば編集部の女の子たちに退職金を払って辞めてもらえる、僕も辞めることができる、と思うようになりました。

渡した札束を数えもせずバッグに入れるのを見て、ひょっとしてあのお金は返って来ないんじゃないかと思いました。

ＦＸなんかでレバレッジという言葉がよく使われますが、商品先物取引も当時17倍ほどのレバレッジがかかっていて、１００万円預ければ、１７００万円の金を買ったことになりました。

とりあえず最初は１００万から始めたのですが、営業マンが上司を連れて来て、そのあと、その上司に言われるまま短期間で金やらプラチナやらを買いまくり、預けた証拠金は１０００万になっていました。資金は自宅を担保にした銀行からの借金でした。

取り引きはいつも会社近くの喫茶店でしていました。１００万とか２００万とかの札束を上司に渡すと、数えもしないで自分のバッグに放り込んでいました。それを見て、あのお金はひょっとしたら返って来ないいんじゃないかと思ったりしました。

「1億ぐらい儲かるかもしれませんよ」と言われ、その夜は大騒ぎしました。

そのあと、金やらプラチナの値段は上がったり下がったりで、営業マンが言うような大儲けのチャンスはやって来ませんでした。

ところがついにそのチャンスが来たのです。1987年10月19日の月曜日、ニューヨーク株式市場過去最大の大暴落、ブラックマンデーです。心配して上司に電話すると、「株が暴落すると貴金属の先物が急騰しますから、ひょっとしたら1億ぐらい儲かるかもしれませんよ」と言います。株の暴落で投機家たちが商品先物取引に乗り換えると言うのです。それを聞いた僕は、もう1億儲かったような気持ちになって、その夜は行きつけのスナックに友だちを呼んで大騒ぎしました。

友だちは「末井さんが1億儲かった儲かった」と、自分が儲かったように喜んでくれました。ママは「末井さ〜ん、カウンターが古くなったから替えて〜」と言いました。「いくら〜」と聞くと「600万〜」と言います。「安〜い、安〜い！」と叫んで、カラオケ歌って裸で踊っていました。

「いくら損をしてるんですか？」と聞くと、「600万ぐらいですかね」と上司が言いました。

次の日、貴金属はわずかに値上がりしたものの、その次の日、ドーンと急落しました。上司から追証金（追加証拠金の略。下がった分の半分の金額）を入れてくれという催促の電話が会社にありました。「えっ？　それは話が違うでしょう」と思って、「何で下がってるんですか？」と聞くと、株で損をした投機家が、先物を決済して株のほうに回してるんじゃないかということでした。「それ、あんたが言ってたことと話が逆でしょ」と思ったのですが、言っても仕方がないので言いませんでした。

「いまいくら損してるんですか？」と聞くと、「そうですね、600万ぐらいですかね」と上司が言いました。600万と聞いてスーッと魂が抜けていくのがわかりました。

魂が抜けて、人と話しても口がパクパクしているだけで声が出てきません。

幽体離脱という経験をしたことはありませんが、おそらくそれに近い状態だったと思います。人と話しても口がパクパクしているだけで、声が出てきません。これはまずいと思い、とりあえず会社を出ました。

会社は高田馬場にあったのですが、会社の近くにいると社員や知り合いに会うかもしれないので、電車で新宿に向かいました。

新宿に着き、駅を出ました。車の音、人の会話、雑踏の音、全部の音が遮断されたように耳に入ってきません。頭の中がもぬけの殻のようで、ゾンビのようにフラフラ歩いていました。

そのうち、さっき上司が言っていた追証金のことが、頭をよぎりました。追証金を入れないと決済になって、600万円の損失が確定してしまいます。なんとかして、300万円を工面しないといけません。

地獄で仏に会ったような気持ちになり、パンチパーマのヤクザが大仏に見えました。

自宅を担保にして作ったローンカードは、ATMに入れたら1000万円まで出てくるのですが、1000万円丸々借りていたのでもう借りられません。

サラ金に行ってみると、健康保険証で50万円までなら借してくれると言うのですが、必要なのは300万円です。

歌舞伎町の怪しいサラ金に入ってみました。

どう見てもヤクザにしか見えない男の人が4人いました。事情を話すと、自宅の権利証を持って来れば300万円貸すと言われ、助かったと思いました。地獄で仏に会ったような気持ちになりました。パンチパーマのヤクザが大仏のように見えました。

「あんたのやり方を実名入りでバラすぞ」と脅したら、上司は涙を流して泣きました。

商品先物取引の収支は、合計１３００万円預けて、帰って来たのは40万円ほどでした。幽体離脱のときにやめていれば、６００万の損害で済んだのですが、後悔してもお金は返って来ません。

しかし、どうにも気持ちが収まらず、心がヤクザになりました。喫茶店で上司と会って決済するときに、ついつい「あんたのやり方を実名入りでバラしてやるぞ」と脅かしたら、周りに人がいるのもかまわず「すみませ〜ん」とテーブルに頭をつけ、涙をボロボロ流しながら泣き出しました。周りの人たちの視線が一斉に僕の方に集まります。まるで僕が上司をいじめているようです。演技だとわかっていても、もうそれ以上は上司を責める気になれませんでした。向こうの方が１枚も２枚も10枚も上手です。

しかし、これで懲りて先物取引をやめたかというとそうではなく、そのあと10年ほど続けることになります。

警視庁に100人ぐらいの人が呼び出され、申し訳ない気持ちでウツになってしまいました。

悪いことは続くもので、ブラックマンデーの翌年、『写真時代』に警視庁の捜査が入り、猥褻容疑で回収命令が出ました。事実上の発禁です。

『写真時代』は創刊7年目に入っていて、僕はかなり飽きていたのですが、会社にとっては大きな収入源だったので、申し訳ない気持ちになりました。それと、取り調べのために、社長、営業、編集部員、印刷会社、取次、著者、モデルと、その号に関わった100人ぐらいの人たちが、警視庁に呼び出されました。「末井は先物に狂ったりしてるからこんなことになるんだ」と厳しいことをおっしゃる方もいました。

先物取引でお金はなくなるし、警視庁に呼び出されたみなさんに申し訳ない気持ちになるし、次に何をやったらいいのかわからないし、そういう不安や悩みでウツになってしまいました。

初めて打ったパチンコで勝ちました。1800円勝っただけだったのに、ものすごい充実感がありました。

僕がパチンコに出会ったのはそういうときでした。それまでパチンコはおろか、ギャンブルは一切やったことがなく、昼間からパチンコ店にいる連中を、人間のクズのように思っていました。

ある日、高田馬場の駅前にあるパチンコ店を通りかかったとき、スーッと吸い込まれるようにそこに入っていました。

わずかガラス1枚隔てただけなのに、外の世界とまるっきり違っていました。耳を襲う騒音、タバコの煙がもうもうとしている中、勤め帰りのサラリーマンたちが台を睨んで一心に打っています。放心したように口を開けて、ピカピカ光る台を打っている人もいます。

そのパチンコ店で、「スタジアム」（羽根モノ）という台を打って1800円勝ちました。ものすごい充実感がありました。

パチンコ台が「待ってたよ」とか、「もうすぐ出るよ」とか、話しかけて来るようになりました。

パチンコは、ウツっぽい人がハマりやすいのではないかと思います。人と口をきかなくてもいいし、パチンコ店にいれば寂しくないし、それなりに刺激や充実感があります。僕も見事にハマり、暇さえあればパチンコを打つようになりました。

そのうち、パチンコ台が話しかけて来るようになりました。女の人の声で「待ってたよ」とか、「もうすぐ出るよ」とか、いろんな声が聞こえて来ます。用事があってその台をやめないといけないときは、「もうすぐ出るのにもうやめるの?」と言ってるような気がしました。そういうときは、用事を済ませたら慌てて戻って来て、その台を打ちました。

完全にパチンコ中毒になっていました。

自分が社会からドロップアウトしたような、後ろめたいような、寂しいような気持ちになってきました。

パチンコを打っていると、時間を忘れてしまうことがあります。気がついたら夕方になっていたこともたびたびありました。

会社に行かなければと思って駅に向かうと、もう帰宅ラッシュになっています。これから会社に行っても、みんなから白い目で見られるかもしれないと思うと、足取りは重くなってきます。

何だか自分が社会からドロップアウトしたような、後ろめたいような、寂しいような気持ちになってきました。ひょっとしたら、パチンコを打っている人は、僕と同じような気持ちなのかもしれません。そういう人の話し相手になれるような雑誌があったら売れるかもしれない、そう思うようになりました。

パチンコ雑誌をやってみようと思うようになりました。

パチンコはひとりでやるものです。朝から夜まで打っていると、ドル箱を積み上げていたあのときにやめていれば良かったなあとか、あのときやめようと思ったけどあと1000円だけと思って続けたから挽回できたとか、ドラマチックな出来事が何回かあります。そういう話を人にしても「あ、パチンコやってたんだ」の一言で終わってしまいます。

閉店までパチンコを打って負けて店を出るときは、虚しい気持ちになります。トボトボ歩きながら、缶コーヒーでも買おうかとコンビニに寄って、ふとマガジンラックを見るとパチンコ雑誌が置いてあったとしたら、きっとその人はその雑誌を買うだろうなと思いました。

パチンコ雑誌をやってみようと思うようになりました。

#「パチプロになるにはどうしたらいいんですか？」と聞くと「パチプロなんかになるもんじゃないよ」と言われました。

パチンコ雑誌を始めることになり、パチプロの故・田山幸憲《たやまゆきのり》さんを取材することにしました。

田山さんは〝東大中退のパチプロ〟という触れ込みで、週刊誌にも出ていました。パチプロというからには、さも我が強そうな人だろうと思いながら、指定されたパチンコ店の裏にある喫茶店に行くと、一番隅の席でタバコを吸いながらうつむいている学生のような人がいました。田山さんでした。

田山さんにはパチプロになる方法をインタビューしようと思っていました。それで「パチプロになるにはどうしたらいいんですか？」と切り出したら、「パチプロなんかになるもんじゃないよ」とボソッと言いました。僕は不意打ちを食らったようになりました。話が進展しないのです。

パチンコしかできない人がいるということを、田山さんを通して知りました。

田山さんの考え方は、パチプロなんて社会に何も貢献していない、だからパチプロなんかになるもんじゃない、なってしまったら家族に迷惑かけるから結婚なんかしたらいけない、ということでした。午後4時ごろまでパチンコを打って、それ以降はサラリーマンたちに台を譲るそうです。一日4、5000円稼げればいい、飲んで帰って1000円余るのが理想、そのお金を箱に入れて、何かあったときの保険にすると言います。慎ましい生活です。僕が想像していた、我の強いオレオレ系の人とは正反対でした。それから田山さんとときどき会い、一緒に飲むようになりました。いつもパチンコ仲間がいて、田山さんはその人たちから慕われていました。

僕は昼間からパチンコ店にいる人を人間のクズのように思っていましたが、パチンコしかできない人がいるということを、田山さんを通して知りました。

田山さんやその仲間の人たちがいることが、パチンコ雑誌を出す心の支えになりました。

田山幸憲さんには「パチプロ日記」の連載をお願いしました。連載をお願いしたのは、毎月田山さんに会いたいという気持ちがあったからです。そして、田山さんやその仲間の人たちがいるということが、パチンコ雑誌を出す心の支えになりました。

雑誌のタイトルは『パチンコ必勝ガイド』としました。1号目は1988年の12月に出ました。10万部出してほぼ完売でした。コンビニに置いたのが正解でした。

それから1、2年の間に、パチンコ関連の雑誌が何十誌も出るようになり、どこのコンビニにもパチンコ雑誌のラックが置かれるようになりました。パチンコ雑誌ブームの到来です。それに連れ、部数もどんどん増えて行きました。

田山さんは僕のことを〝悪徳商人〟と呼ぶようになりました。

パチンコ雑誌がブームになったのは、攻略法が出てきたこともあります。特殊な打ち方をすると、大量の出玉を獲得することができるようになりました。『パチンコ必勝ガイド』編集部に攻略研究室を作りました。そこで昼夜を問わず、新台の攻略法を研究していました。また、読者からも攻略法が寄せられるようになりました。攻略法を載せだしてから、部数はうなぎ登りに増えていきました。

そのうち、月刊では追いつかないので、月2回刊にしました。田山さんは僕のことを、半分冗談、半分本気で〝悪徳商人〟と呼ぶようになりました。社長は「お札を刷ってるようなものだ」と言っていました。コンビニに『パチンコ必勝ガイド』が搬入される木曜日の午前5時ごろには、コンビニの前に人が並ぶようになりました。

営業マンは「貴金属は動きが鈍くてダメですよ。それより穀物が面白いんですよ」と言いました。

商品先物取引で大損して1年ほど経ったころ、違う先物会社の営業マンから会社に電話がかかって来ました。どうして僕のことがわかったのか知りませんが、先物取引には懲りていたので、「もう先物はやりませんよ」と言うと、その営業マンは「何を買っていたんですか？」と言います。金や白金を買って１２６０万円損した話をすると、営業マンは「貴金属は動きが鈍くてダメですよ。それより穀物が面白いんですよ」と言います。何となく信用が置けそうな気もしたのでその営業マンと会うことになり、今度は北海道産小豆《しょうず》の先物をやることにしました。

あれだけ損をしたのに何故また先物を始めたかというと、これまでのマイナスを取り戻したかったのと、自分のやり方が間違っていて、うまくやれば儲かるんじゃないかと思ったからです。

「昭和天皇が崩御されたら町から赤飯が消える。そうすると小豆の需要が減って価格が下がるから、今が売りどきですよ」。

何故北海道産小豆をやったかというと、昭和天皇がご病気になられていたときで、営業マンに「昭和天皇が崩御されたら町から赤飯が消えるでしょう。そうすると小豆の需要が減って価格が下がるから、今が小豆の売りどきですよ」と言われたからです。

商品先物取引には〝売り〟と〝買い〟があり、高いときに売って安くなったら買い戻すパターンと、安いときに買って高くなったら売るパターンがあります。どちらでも値動きがあれば儲かります。

確かに昭和天皇は崩御されたけど、町から赤飯は消えませんでした。小豆の値動きもほとんどないまま、その営業マンとの付き合いは終わりました。

自力でシカゴの天気を知るために、誰かを雇いシカゴに派遣しようと本気で考えました。

商品先物取引をやっている知り合いから、〝優秀な先物の営業マン〟という人を紹介されました。確かに優秀そうな若い営業マンで、その人と話していると、それまで付き合った営業マンがみんなバカに思えました。

やはり穀物を勧められ、米国産大豆をやることにしました。アメリカの大豆の産地はシカゴ周辺の農地だそうで、大豆の芽が出る春に干ばつが続くと先物価格が高騰し、秋の収穫時に雨が降るとこれまた高騰します。始めたのがちょうど大豆の芽が出るころで、「このところ干ばつが続いているようです」と言うので、〝買い〟を入れました。ところが大豆は下がりました。営業マンに電話を入れると、「どうも雨が降ってるようです」と言います。まだネットが発達してないころだったので、自力でシカゴの天気を知るためにはどうしたらいいか、誰か雇ってシカゴに派遣しようかと本気で考えました。

チンチロリンで一晩に1750万円勝ってしまいました。

仕事でハワイに行っているとき、そこで知り合った某社長とチンチロリンをすることになりました。チンチロリンはドンブリと小さなサイコロが3つ必要です。某社長はよほどチンチロリンをやりたかったのか、ホテルに入っている寿司屋でドンブリを借りてきました。しかし、小さいサイコロがありません。某社長が探し回った挙句、やっとクラップス用の角ばったサイコロを調達してきました。

そのサイコロを使って、僕の部屋でチンチロリンを始めました。参加者は某社長と僕、そして社長の愛人の3人です。最初は数万円を賭けてやっていましたが、だんだん社長が負けてきて、それに連れてレートがどんどん高くなり、社長は一振りに20万、30万賭けるようになりました。そういうとき、僕がサイコロを振ると5ゾロが出たりします。5ゾロは10倍のルールでしたから、300万です。一晩で1750万も勝ってしまいました。

ギャンブルは命のやり取りです。金額が大きくなればなるほど命に近くなり、その分シビれます。

例えば麻雀なんかで負けて、「今、手持ちがない」とか言って、自分の負け金をうやむやにしてしまう人がいますが、僕はそういう人が大っ嫌いです。そういう人はギャンブルをやる資格がありません。僕がそういう状態になったら、必ず翌日負けた相手に振り込みます。でないとギャンブルをやる意味がありません。

ギャンブルは命のやり取りです。しかし毎回命を賭けていたら命がいくつあっても足りません。そのため命に近い物としてお金を賭けます。金額が大きくなればなるほど命に近くなり、その分シビれます。

その点、ハワイでチンチロリンをした某社長は立派で、日本に帰ってチンチロリンの負け金１７５０万をきっちり払ってくれました。

預けた2000万円はピースライト2カートンに替わりました。1本5万円もするタバコです。

そのころ、粗糖《そとう》の先物価格が値上がりしていました。値上がりしている理由がわからなくて、先物の営業マンに聞くと、「そろそろ頭を打つでしょう」と言います。〝売り〟のチャンスです。

「よーし、一気に挽回だ」とばかりに、チンチロリンで勝った1750万円に250万円プラスして、粗糖の売りを入れました。レバレッジ17倍として3億4000万円分の売りです。

が、一向に粗糖が下がりません。もう追証金も入れられないので、上がるがままにしておきました。そして決済しなければならないことになった翌日、粗糖は急落しました。

預けた2000万円は、営業マンが「お詫びのしるしに」と言って持ってきたピースライト2カートンに替わりました。計算すると1本5万円もする恐ろしく高いタバコでした。

次々マンションやら土地やらを購入し、借金は3億7000万まで膨らんでいました。

不動産投機もやっていました。バブル経済の真っ只中で、不動産価格が数年で2倍になったりしていました。

そういうとき、知り合いがカメイさんという不動産業の人を紹介してくれました。その人から、「私が持っているマンションを1つ売ってあげましょうか?」と言われたのが不動産投機の始まりでした。

資金は100パーセント銀行が融資してくれました。カメイさんは銀行に出す不動産契約書を偽造し、購入代金の1割増しにしてくれました。その水増しした分を先物取引の証拠金に回していました。まだ誰も不動産が値下がりするとは思ってもみないころでした。

この方法で、次々とマンションやら土地やらを購入し、借金は3億7000万まで膨らんでいました。

あれよあれよという間に、不動産はどれも買ったときの半値以下になってしまいました。

僕が不動産投機を始めたのは１９８９年ですから、あとから思うと、ほぼバブルが頂点に達していたころでした。

毎月銀行に、不動産ローンを１２０万円ほど払っていました。購入したマンションは事務所用に改装して会社に貸していましたが、その家賃収入を入れても、手元にほとんどお金は残りませんでした。さらに別荘を買ってスタジオにしようと、不動産屋さんと伊東の別荘を下見に行っていたとき、大蔵省が総量規制を発令しました。バブル崩壊の始まりです。

あれよあれよという間に、不動産は5年間で半値以下になってしまいました。

夕方になると麻雀の誘いの電話が来ないかとソワソワするようになりました。

僕が麻雀を覚えたのは、『パチンコ必勝ガイド』を創刊して1年ほど経ったころです。最初は当然負けます。悔しくて自動卓を買って、家でひとり麻雀をしていました。ツモって切ったら、次の席に移動してまた同じことを繰り返します。そうやってひとりで自動卓の周りをグルグル回っていました。

僕が麻雀を覚えると、麻雀の誘いがしょっちゅう来るようになりました。夕方から始めて明け方終わるパターンが多く、負けるのは決まって僕でした。

いつも負けるのに、夕方になるとソワソワするようになり、麻雀の誘いの電話を待つようになりました。

負けてタクシーで帰っていると、空がだんだん白んできます。虚しい気持ちで、その空をボンヤリ眺めていました。

巨額の借金を背負っているような人が、脂汗を流しながら一晩中バカラをやっていました。

麻雀の誘いがないときは、地下カジノに行くようになりました。

90年代の半ば、東京に地下カジノが数百件ありました。それもマンションの一室でやっているような秘密っぽいところではなく、ファッションビルの1階に堂々と店舗を構えた、外国のカジノと変わらないようなところもたくさんありました。

地下カジノでは大抵バカラをやっていました。プレイヤー、バンカー交互にトランプが配られ、絵札は0として、合計数字が9に近い方が勝ちとなる単純なゲームです。

済州島《さいしゅうとう》のカジノにもよく行くようになりました。そして、いつも行くホテルのカジノから、バカラ大会の誘いを受けるようになりました。バブル崩壊で巨額の借金を背負っているようなオッサンがたくさん来ていて、脂汗を流しながら一晩中バカラをやっていました。僕もその中の1人でした。

大川慶次郎さんに「大穴当てて身を持ち崩した人をたくさん見てますよ」と言われました。

会社で出している『競馬王』という雑誌の編集長から、「１００万円の競馬」という企画に出て欲しいと言われて、漫画家の故・土田世紀《つちだせいき》さんと中山競馬場に行きました。競馬の素人の僕と競馬の玄人の土田さんと、どちらかが競馬で１００万円勝つまで競馬を続けるという企画でした。

中山競馬場で、故・大川慶次郎《おおかわけいじろう》さんにパドックでの馬の見方を教わり、生まれて初めて馬券を買いました。２レース外れて、３レース目に馬単で１万円ずつ３点買ったら、その内の１点が当たりました。大穴だったらしく３７２万円当たり、「１００万円の競馬」は１回で終わってしまいました。

大川慶次郎さんに話すと、「大穴当てて身を持ち崩した人をたくさん見てますよ」と言われましたが、僕は「どうせマグレだろう」ぐらいにしか思わず、競馬はそれ以後やりませんでした。

「馬のオーラが見える」という田中健二郎さんの話に興味を持ちました。

『漫画雀王』という麻雀漫画誌を創刊しました。

その巻頭で、西原理恵子《さいばらりえこ》さん、山崎一夫《やまざきかずお》さん、そして僕の3人がホストになり、毎回ゲストを招いて麻雀をする「デカピンでポン!!」という企画がありました。自分のお金で勝負するので、かなり緊張する企画でした。

ゲストは蛭子能収《えびすよしかず》さん、伊集院静《いじゅういんしずか》さん、安部譲二《あべじょうじ》さんといった有名な方が多かったのですが、その中にホームレスの方が1人いました。知る人ぞ知る麻雀プロの元祖・田中《たなか》健二郎《けんじろう》さんでした。

麻雀が終わってみんなで食事をしているとき、田中さんが「拾った100円で大穴当てて今着ているジャンパーを買った」とか「馬のオーラが見える」とか「それはホームレスになって体得した」とかボソボソ言っていました。みんな知らんぷりしていましたが、僕だけその話に興味を持ったのでした。

田中さんに3億円以上の借金の話をすると、「すぐ競馬で返せますよ」と言われました。

田中健二郎さんの「馬のオーラが見える」という言葉に興味を持ち、もっと詳しく話を聞きたくなって、田中さんと別れ際に1週間後に浅草の雷門前で会う約束をしました。

1週間後、田中さんに聞いた話はこうです。

競馬で勝つにはパドックで馬をよく見ないといけない。人気馬でも輸送中のストレスから「今日は走りたくない」という馬もいる。屋根（騎手）は関係ない。馬体重も関係ない。走る直前に馬から発するオーラを見ることだ。

僕は1年ほど前、中山競馬場で「馬を見て買った」馬券が当たって、372万円勝っていたので、田中さんの言葉には妙な説得力がありました。

田中さんに3億円以上の借金があることを話すと「すぐ競馬で返せますよ」と言われました。

競馬を始めて3ヵ月経った時点でトータル750万円ほど勝ちました。貧乏な人たちに教えてあげたくなりました。

それから毎週土日は、田中さんと競馬に行くようになりました。

朝9時半にパドックで待ち合わせして、1レース目から始めて、当たった時点で持って来たお金の1・5倍になっていればやめる、それ以下だったら1・5倍になるまで続けるというルールでした。

1・5倍と聞いてガクッとしましたが、賭け金を上げればいいと思い、毎回200万円持って行くことにしました。

毎回勝てる訳ではないのですが、それでも3回に2回は勝っていました。最終レースで挽回した日もあり、そういうときは田中さんと抱き合って小躍りして喜んでいました。

競馬を始めてから3ヵ月経った時点で、トータルで750万円ほど勝っていました。

貧乏な人たちに、このことを教えてあげたくなりました。

毎回2000万円持って行けば借金はすぐ返せると思い始めました。

僕が競馬で勝っている話をみんなにするので噂が広がり、競馬雑誌から取材の申し込みがあったり、「私を競馬に連れてって」と言う人も5、6人いました。

それまで、僕と田中さんの2人っきりで競馬をしていましたが、毎回3、4人のギャラリーができるようになり、田中さんも、当てよう当てようという気持ちが強くなったように感じました。

田中さんがパドックで選んだ馬を、僕がみんなに伝えます。すると、競馬新聞を見ながら「な〜んだ、それ本命じゃないの」と言う人もいました。田中さんはとてもプライドの高い人で、そういう声が聞こえて来ると不機嫌になりました。

そのころ僕は、レートを10倍に上げて毎回2000万円持って行けば、借金はすぐに返せるんじゃないかと思い始め、2000万円を集める手立てを考えていました。

そのころから、田中さんの予想はまったく当たらなくなりました。

マイナス1000万円を超えたところで、僕は競馬を諦めました。

田中さんの予想が当たらなくなって、ギャラリーは減っていき、また2人だけに戻りました。僕は、今はスランプのときだから、もう少し我慢していればまた当たるようになるだろうと思い、相変わらず土日は田中さんと競馬場に行っていました。

しかし、お金がどんどん減っていきます。トータルでマイナス1000万円を超えたところで、僕は競馬を諦めました。

最後は「これで勝ってきてください」と言って、田中さんに100万円渡して、僕は競馬場に行きませんでした。でも、そのお金もなくなってしまいました。

田中さんには、勝ったときはその10パーセントのお金を渡していました。負けたときも数万円渡しました。何しろ、田中さんはホームレスなので、お金がないと路上で寝ることになります。

田中さんと会わなくなってからも、毎週月曜日に数万円のお金を田中さんに振り込んでいました。それが13年続きました。

渡ると帰って来れない、ギャンブル川の川岸に立っているように思いました。

田中さんには新聞の勧誘をしている弟さんがいて、勧誘団の団長が埼玉県の鴻巣《こうのす》に一軒家を借りてくれたから、ここなら兄貴と住めるということで、浅草中を探し回り、田中さんを見つけて連れて帰ったことがありました。お兄さん思いの弟さんです。

ところが1週間ほどで弟さんとケンカして、田中さんは家を出ました。訳を聞いてみると、田中さんが毎日風呂に入るから、水道代とガス代が上がったということが原因だったようです。そのお金があれば競輪に行けると、弟さんは怒り狂ったそうです。

田中さんはギャンブルしかできない人で、そのせいでホームレス生活をしていました。弟さんも給料は全部競輪に使っていたそうです。そして僕も、田中さん兄弟のようになっているのではないかと思いました。渡ると帰って来れない、ギャンブル川の川岸に立っているように思いました。

負けた状態から挽回するとき、一度死んだ人間が生き返ってくるような快感があります。

ギャンブルは命のやり取りだと書きましたが、ギャンブルの快感とは何でしょうか。パチンコでも麻雀でもカジノでも、ギャンブルをやっているときの快感は、順調に勝ち続けているときより、負けて負けてもうダメだというところから挽回するときの方が大きいように思います。一度死んだ人間が生き返ってくるような快感があるのです。そういう意味では、ギャンブルは死の疑似体験かもしれません。

僕がギャンブルにハマっていったのは、先物取引や不動産投機のマイナスを埋めようと思ったこともありますが、やはりギャンブルをやっているときが楽しかったからです。逆に言えば、それ以外のときがつまらなくて、大げさに言えば、ギャンブルをやっているときだけが生きているときだったのかもしれません。

8000万円で買った栗林が2000万まで下がっていました。

1990年代は、日本で初めて不動産が値下がりしていく10年間でした。資産として、あるいは借金の抵当として持っていた不動産がどんどん下がっていき、多くの会社が潰れ、多くの人が破産し、多くの人が自殺しました。

僕が持っていたマンションや土地もどんどん下がっていました。

最初はすぐ下げ止まるだろうと思っていましたが、ずるずる下がっていき、8000万で買った150坪ぐらいの町田市の成瀬《なるせ》の栗林が、不動産屋さんに聞いてみると2000万まで下がっていました。それを聞いたときめまいがしました。

時期は逸していましたが、そろそろ不動産を処分しないといけないと思うようになっていました。

カメイさんは「私は30億借金がありますけど、毎月5万円しか払ってませんよ」と言いました。

不動産業のカメイさんに相談すると、「私は30億借金がありますけど、毎月5万円しか払ってませんよ」と言うので、その方法を聞きに行きました。

カメイさんは、毎月払っている不動産ローンの支払いを、まずストップすることだと言います。3ヵ月経つと銀行から電話があるから、そこで初めて交渉の場が持たれるのだそうです。

カメイさんに言われた通り、全部の銀行への支払いをストップしました。3ヵ月経つと、確かに銀行から電話がありました。銀行によって、紳士的な対応をするところと、「どうしたの？　支払いが止まってるけど」と、ヤクザっぽい口調で言われるところがありました。

銀行に行く日を決めて、カメイさんと交渉に行くことになりました。

「毎月2万円払います」と言うと、「冗談じゃない、話になりませんね」と言われました。

銀行に支払いをストップすると、当然物件は売ることになります。みんな買ったときの3分の1ぐらいになっていました。

売った分のお金はもちろん銀行に払います。借りた金額に満たない分は残債として残ります。それをどうするかが銀行との交渉になります。ある銀行とは、6000万ぐらいの残債を、毎月5万円づつ払うことで合意しました。もう1つの銀行は、3つの物件で2億2000万ほど借りていましたが、物件を売ったあと8500万の残債が残ってしまいました。カメイさんとその銀行に交渉に行ったのですが、銀行の人と会う前に「毎月2万円返すことにしましょうか？」とカメイさんは言います。

銀行の人から「どうします？」と言われたので、「毎月2万円なら払えます」と言うと、「冗談じゃない。話になりませんね」と言われて、それから5年間、銀行から何の連絡もありませんでした。

交渉の結果、８５００万円の借金が３００万円でチャラになりました。

銀行から何も連絡がないので、そのまま放ったらかしにしていました。金融機関から借りた借金の時効は5年と聞いていたので、このまま時効になるかもしれないと思っていた矢先、4年と8ヵ月経ったときに、銀行から電話がありました。時効前に捕まった犯人のような心境でした。

「どうされます?」と言うので、妻と離婚したので慰謝料を払わないといけないし（本当）、不景気で給料は減らされるし（嘘）と言うと、「一応源泉徴収票を送ってもらえますか」と言うので、会社に頼んで給料を減額した源泉徴収票を作ってもらいました。

弁護士さんにお願いして銀行と交渉してもらった結果、300万円で手を打ってもらえることになりました。

300万円を渡す当日、僕はボロボロのセーターを着て行きました。300万円を渡すと、銀行の人は恐縮したような表情になりました。

僕がやってきたことは、お金を捨てることだったのかもしれません。

僕はお金がなければいけないということを父親から刷り込まれましたが、何故そうなのかということは曖昧でした。強いて言えばおいしい物が食べたいということだったのですが、それもチキンラーメンで満足できる程度のことでした。そうした人間が余剰の金を持つとどういうことになるのかというのが、僕がこの章で書いたことです。

お金に執着する人は、僕のようなことはしません。あるヤクザが「株はインサイダーでなきゃ、怖くてやってらんないよ」と言っていましたが、その通りだと思います。だから僕がやってきたことは、お金を捨てることだったのかもしれません。

これは負け惜しみではなく、お金を捨てることで、お金に執着しなくて良かったのではないかと思っています。お金の力は強力で、僕のような意志の弱い人間は、いつの間にか守銭奴になっていることがありますから。

悪魔と仲良くしていれば富は増えるけど、心はボロボロになります。

聖書では、悪魔のことを〝世の支配者〟と言っていて、世の物質面は悪魔が支配しています。そして、物質の象徴的な物がお金ということになります。お金があれば何でも手に入るからです。

だから、お金と関わることは悪魔と関わることです。〝悪魔に魂を売る〟という言葉がありますが、お金を稼ぐには魂を売ることぐらいは平気でやらなければいけません。

悪魔と仲良くしていれば富は増えるけど、心はボロボロになっていきます。悪魔とは、心をボロボロにするもののことを言うのです。だからお金がなくても心配はいりません。むしろ喜ばしいことだと思ってください。

悪魔のいない世界がどんなに平穏でしあわせなことかは、悪魔との付き合いをやめてみないとわからないのです。

第4章

悪魔が入ってこなくなった

聖書、離婚、愛

ギャンブルばかりやっていたころ、自分の中に虚無のブラックホールがあるような気がしていました。

ギャンブルばかりやっていたころ、自分の中に虚無のブラックホールがあるような気がしていました。それは大人になってからできたのではなく、子どものころからあったように思います。

その虚無のブラックホールに吸い込まれないように、一生懸命雑誌を作り、数々の恋愛や恋愛のまねごとをし、10年も商品先物取引をやり、ヒリヒリするようなギャンブルをやって来たのではないかと思います。

その虚無から脱出するきっかけを作ってくれたのが、故・千石剛賢《せんごくたけよし》さんの本『父とは誰か、母とは誰か』（春秋社）でした。

千石さんは聖書研究会・イエスの方舟《はこぶね》の責任者で、１９８０年にマスコミを賑わしたイエスの方舟事件の中心人物でした、マスコミは千石さんのことを〝千石イエス〟と呼んでいました。

マスコミはイエスの方舟を怪しい邪教集団のように扱いました。

イエスの方舟事件が起こったころ、イエスの方舟の人たちは、東京郊外で空き地にテントを張って共同生活していました。そのテントで集会も行われていて、その集会に参加した女の子たちが家に帰らなくなったことが原因で、「娘を返せ！」と親たちがテントを取り巻くようになりました。

マスコミは、イエスの方舟を怪しい邪教集団のように扱い、メンバーに若い女性が多かったので、千石イエスのハーレムのように報道する週刊誌もありました。

騒ぎがピークに達したころ、イエスの方舟は忽然と姿を隠しましたが、『サンデー毎日』のスクープによって、イエスの方舟の実態が明らかになりました。ごく普通の人たちが、聖書の勉強をしていただけのことです。『父とは誰か、母とは誰か』には、そのころのことが面白おかしく語られている箇所もあります。

イエスにはなぜ性欲の悩みがなかったか、『原罪がないからだ』と千石さんは言います。

『父とは誰か、母とは誰か』の中で僕が一番驚いたのは、「イエスに性欲の悩みはあったか」という箇所です。イエスの性欲のことなど、おそらくどこの教会でも問題にしないと思います。ところが千石さんにタブーはありません。どんなことでも聖書に照らし合わせて答えています。

イエスになぜ性欲の悩みがなかったか、『それは原罪がないからだ』と千石さんは言います。原罪がない人間というのは他人がなくなります。原罪ということにおいて他人が生ずるのです。

「あの女とセックスしたい」という欲望は、相手が他人だから発生するわけです。親が子どもに性欲を持つことがないように、他人でなければ性欲は起こりません。イエスは「すべての人を自分と同じように思っていた」ということになります。

性欲の悩みを持っていた僕は、このことが入口になって聖書に関心を持つようになりました。

人がしあわせになる絶対の法則があって、それこそが神だと思うのです。

では〝原罪〟とは何なのかということです。他人意識を生じさせるものですから、自我ということになります。

自我によって人は〝神〟から離れ、それぞれ自分の考えで生きているのですが、そこから人間の苦しみが始まることになります。

では神とは何かということですが、僕は神がわからないので、〝法則〟として捉えています。人がしあわせになる絶対の法則があって、その法則こそが神ではないかと思うのです。その法則が書かれている書物が聖書ということになります。

イエスの方舟の特別なところは、自分を脱ぐこと、つまり自我から解放されることを実践していたところです。それは何と、〝イエスになる〟ということなのです。

「妻に内緒で3人の女性と付き合っているのですが、男は何人もの女を同時に愛せるものですか？」。

『父とは誰か、母とは誰か』を読み、千石さんの導きで聖書のことが少しわかってくると、それをもっと知りたくなりました。それには千石さんに会うことです。千石さんに会えば、自分を変えられるのではないかと思うようになりました。

それから半年後、『ＭＡＢＯ』で千石さんをインタビューするという名目で、博多にあるイエスの方舟に行きました。

千石さんは気さくな方で、聖書的見地からどんな質問にも答えてくれました。『ＭＡＢＯ』のインタビューが終わったあと、個人的な質問として「妻に内緒で3人の女性と付き合っているのですが、男は何人もの女を同時に愛せるものでしょうか？」と聞くと、『それは30人が限界でしょう』とおっしゃいました。聖書に反することですからダメに決まっているのですが、僕の気持ちを楽にするためそう言ってくれたのだと思いました。

飛行機で礼拝に行っているのは僕ぐらいではないかと思いました。

それから、月に1回行われている外部の人も参加できる日曜集会に参加させてもらうようになりました。飛行機で礼拝に行っているのは僕ぐらいではないかと、得意になっていました。

日曜集会は、イエスの方舟の女性たちが中洲で運営しているクラブ「シオンの娘」で行われていました。毎夜ショーが繰り広げられる舞台に机が置かれ、千石さんがそこに座り、その舞台を取り囲むようにして作られたカウンター席に、イエスの方舟のみなさんや僕たちが座ります。

千石さんの話は面白く、あちこちに脱線しながらも最後は聖書の話になって終わります。僕はそれを本にしたいと思い、4年がかりで、『隠されていた聖書　なるまえにあったもの』（太田出版）という本を完成させました。

やたら愛という言葉を使う人ほど、愛の意味がわかっていません。

千石さんは『隠されていた聖書』の中で、『人はひとりでは絶対しあわせになれない』と断言しています。

僕はずっと、人はひとりで生まれて、ひとりで死んでいくものだと思っていました。でもそれでは余りにも寂しいので、友だちを作ったり、結婚したりするけど、人は元来ひとりなのだから、自分のことしか考えられないものだと思っていました。そして、常に孤独を抱えているものだと思っていました。

そういう人間にとって、〝人を愛する〟ということはどういうことでしょうか。

僕が昔、ある女性にラブレターを出したら、「あなたのお手紙には、愛という言葉が28回もありました」と、皮肉っぽく返事に書かれていました。僕のように、やたら愛という言葉を使う人ほど、愛ということの意味はわかっていないのだと思います。

人がその友のために自分の命を捨てること、これよりも大きな愛はない。

聖書には、イエスの言葉として『人がその友のために自分の命を捨てること、これよりも大きな愛はない』と書かれています。

これを言葉通り受け取ると、「それだと、命がいくつあっても足りません」となりますが、聖書は比喩で書かれているのです。

〝友〟という言葉は、相手の中に自分自身が見えている他者のことを表します。自分が自分のままでは、相手を愛そうとしても偽善になってしまいます。だから他者の中に表れる希薄な自分をはっきりさせていくこと、生まれつきの自分を脱いで相手の中にある自分に焦点を当てていくこと、それが〝自分の命を捨てること〟だと千石さんは言うのです。

僕が思っていた〝人間はひとりだ〟という考えでは、自分ということにこだわって、他者を愛することはできないのです。他者を本当に愛するには、相手を自分のこととして思うことです。

相手に何かしてあげたとき「余計なお世話だ」と言われたら、怒りの感情が湧いてきます。

自分と他人という区別があると、人に対して良いことをしても偽善になってしまいます。

例えば、相手に良いことだと思って何かしてあげたとします。ところが、その人に「余計なお世話だ！」と怒鳴られたとしたらどうでしょう。「せっかくやってあげたのに、こっちの善意を踏みにじりやがって」と、怒りの感情が生まれるはずです。それでは、良いことをしてあげたのに、逆に嫌な思いをするということになってしまいます。

どうしてそうなるのか。それは確固とした自分というものがあるからです。自分は人に良いことをしてあげられる善良な人間だという考えがあるから、迷惑がられると自分を否定されたように思うのです。

相手の立場に立って、何故余計なお世話だと思ったのかを考えることが、相手の中に自分を見ることです。

聖書に出てくる〝死〟の意味は、古い自分が死んでいくことです。

〝相手の中に自分を見る〟それはつまり、イエスと同じだということになります。

そうするためには、自分というものを徹底的にダメなものと認識して（パウロのように）、聖書に基づいた生活を始めるということです。そうすれば、古い自分はどんどん死んでいきます。聖書に出てくる〝死〟の意味は、古い自分が死んでいくことです。そして新しい自分、つまりイエスになることを〝復活〟と言っているのです。

そう考えると、聖書は神話ではなくイエスになるためのハウツー書だということになります。そして、『私たちの外なる人は衰えていくとしても、私たちの内なる人は日々新たにされていきます』（コリント後　4―16）という聖句も、リアルに受け取れます。

一番の〝偶像〟は自分なのです。

ところが自分の命を捨てて〝イエスを生活する〟ということは、ちょっとやそっとでできることではありません。

僕は自分を最低な人間だと思っています。妻に内緒で浮気やら恋愛やらに狂ったり、ギャンブルに狂ったり、どうしようもない人生を送ってきた最低な人間なのに、そういう自分が愛おしいという気持ちもどこかにあって、自分を引き剥がして捨てようにも、古い自分がビッタシくっついて剥がれないのです。

聖書では〝偶像〟を崇拝することは罪になりますが、一番の〝偶像〟は自分なのです。

聖書をわかりたいと思っていただけで、聖書に救いを求めていたわけではなかったのです。

僕は自分が変わるかもしれないと思い、千石さんに会いに行きました。ところが、本当に自分を変えてしまいたいほどの絶望を抱えていた訳ではなかったのです。

僕は聖書をわかりたい、つまり聖書がわかるという権力を手中にしたいと思っていただけで、聖書に救いを求めていたのではなかったのです。イエスの方舟に興味を持ち、千石さんの聖書解釈に惹かれ、飛行機でイエスの方舟日曜集会に通っていたのも、ただ聖書の真意を知りたいと思っただけで、聖書に書かれていることを実践しようとはしなかったのです。

そういうことがわかってから、イエスの方舟には行かなくなりました。自分が変われるチャンスだったのかもしれないけど、相変わらず毎夜フラフラ地下カジノに行ったり、麻雀したり、先物の値動きに一喜一憂したりしていたのでした。

神蔵さんがのちに僕の〝友〟となることは、想像もしませんでした。

あるパーティーで、写真家の神蔵美子《かみくらよしこ》さんから「女装してみませんか？」と言われました。「えっ？　僕が女装？」と思ったのですが、雑誌の企画で以前1回だけ女装したことがあったので、「いいですよ」と言いました。

そのころ、神蔵さんは女装者の写真を撮っていて、「次は女装者でない人を女装させて作品にしよう」と考えていたようです。

神蔵さんとは、荒木経惟《あらきのぶよし》さんの写真展のオープニングパーティーでよく顔を合わせていました。

僕が『隠されていた聖書』を作ったところ、たまたまパーティーで会った神蔵さんとイエスの方舟の話になり、『隠されていた聖書』を送ったことがありました。

神蔵さんがのちに僕の〝友〟となることは、そのときは想像もしませんでしたが、あとで考えたら、不思議な縁と言うか、神の導きがあったのかもしれません。

自分が本当の女子高生になったような気になり、バナナをくわえてはしゃぎました。

女装の撮影は、エリザベス会館という女装クラブのスタジオで行なわれ、僕は〝女子高生アキコ〟になりました。

セーラー服に着替えてスタジオに入ると、スタッフのみなさんが「アキコちゃん、可愛いわよ～」と声をかけてくれました。何だか自分が本当の女子高生になったような気になり、バナナをくわえたりしてはしゃいでいました。

それから女装が楽しくなり、大阪の女装クラブ「スイッチ」に行って、女装してみんなで町に繰り出したり、『パチンコ必勝ガイド』のテレビCMにも、女装で出させてもらったりしていました。

女装すると、自分の中の女性が降りて来て、気持ちも女性になります。神藏さんは僕を、今までとはまったく違った世界に連れて行ってくれたのだと思います。

「末井さんは他にやることがあるでしょう」と激しい口調で言われました。

女装の撮影のころから神藏さんと仲良くなり、頻繁にデートするようになりました。一緒にいるときは楽しいけど、日常はすさんだままでした。

あるとき、彼女とデートしようとしたのですが、行くところがなくて、僕がよく行っていた地下カジノに連れて行きました。

彼女とバカラをやっていたら、彼女はだんだん不機嫌になり、帰りがけに「お金を取ったり取られたりして何が楽しいの?」と言いました。「あんなことばかりやってないで、末井さんは他にやることがあるでしょう?」と激しい口調で言われました。そんなことを人から言われたのは初めてでした。

そのあと、僕は「他にやることがあるでしょう?」という言葉に縛られて、そのことで悩むことになります。

中年になると、みんな結婚生活に失望しているんだなと思いました。

神蔵さんと会うたびにどんどん好きになっていくのですが、神蔵さんも僕も結婚していました。いわゆるダブル不倫です。

妻とは30年近く一緒にいるので、浮気しても別れるなんて思ったことはありません。しかし、神蔵さんとは、今までみたいに妻に内緒でコソコソ付き合おうとは思いませんでした。

妻と別れて神蔵さんと暮らすことしか考えられなくなったのですが、妻が悲しむだろうと思うと、なかなか「別れよう」と妻に言えません。

勢いを付けるために何人かの知り合いに離婚の相談をすると、「やめた方がいいですよ。誰と結婚しても同じですよ」という意見が多かったのには驚きました。中年になると、みんな結婚生活に失望しているんだなと思いました。

紙袋2つに衣類を詰め込み、現金300万円持って本格的に家出しました。僕が48歳のときでした。

ある朝、妻と些細なことでケンカになり、僕が「別れよう」と言いました。29年間一度だってそんなことを言ったことがなかったので、妻はびっくりしたと思います。最初は嘘だと思ったらしく「よくそんなことが言えるわね」と苦笑いしていましたが、僕が本気だということがだんだんわかってきて、「ねぇ、どうしたの？　好きな人ができたの？」と言い出したので、僕はいたたまれなくなって玄関を飛び出しました。

それから3日間家に帰りませんでした。携帯電話に頻繁に電話がかかってきましたが、電話に出ると情にほだされて別れられなくなると思って出ませんでした。

4日目に家に帰り、紙袋2つに衣類を詰め込み、現金300万円持って本格的に家出しました。僕が48歳のときでした。

僕は向こう見ずなことをしてしまい、あとで後悔することがよくあります。

僕はダイナマイトで爆発した母親の血を引いているのか、向こう見ずなことをしてしまい、あとで後悔することがよくあります。このときも、僕は家出したものの、神藏さんが家出するかどうかはわかりませんでした。

当初は、何食わぬ顔で会社にいて、夜はホテルを転々としていました。神藏さんはホテルにちょいちょい来ていましたが、来ないときは、これからどうなるのか、自分が取り返しがつかないことをしたのではないか、妻は今ごろどうしているのだろうか、などと考え込んでしまい、気持ちが沈んでしまいました。

1週間ほどホテルを転々としたあと、神藏さんに手伝ってもらって部屋を探しました。そして見つけたのが、方南町《ほうなんちょう》にあった古いマンションでした。

楽しい毎日になるはずだったのに、毎日のようにケンカをするようになりました。

方南町のマンションで２人で暮らすようになって、やがて僕たちは籍を入れました。楽しい毎日が訪れるはずだったのですが、ケンカばかりするようになりました。

他人同士が一緒に暮らせば、最初はギクシャクするものですが、神藏さんと僕は、性格から考え方まで１８０度違っていました。

神藏さんは社交的で、自分のやりたいこともはっきりしていて、それに向かって走っている感じの人でした。

それに対して僕は、何をやりたいのかもわからず、ギャンブルやら不動産で大きな借金を作り、嘘ばかりついていて、人と話すことが苦手で、いつもどよ〜んとしている中年オヤジでした。

神藏さんはいつもイライラしていて、僕が黙っていると「何か話してよ、何を考えているかわからない！」と、わめき散らしていました。

僕をなじる言葉に、人格崩壊を起こしそうなところまで追い詰められました。

「何か話して」と言われても、頭に浮かんでくるのは、付き合っていた女の人たちのことぐらいです。彼女が気を悪くするかもしれないと思いましたが、他に話すことがなかったので話したら、彼女は興味深げに聞いていました。

人にやたらお金を貸すということも、彼女をイライラさせる原因でした。僕は困っているから貸すのは当たり前だと思っていたのですが、それは僕がいい顔したいからそうしているだけだと彼女は言います。そういう人間は、人が担ぐお神輿《みこし》に乗っていい気になっていればいい、自分をしっかり持っている人はそういうことはしない、と言います。

そういうことを毎日のように言われると、どんどん追い詰められ、人格崩壊を起こしそうになりました。

「旅行なんかしなければ良かった」と思いながら、気まずい旅行が始まります。

旅行に行ってもケンカばかりです。僕は車が運転できないので、レンタカーを借りても運転は神藏さんがします。そのころ、カーナビが付いているレンタカーは少なかったので、僕が地図を広げてカーナビの役をします。

真っ直ぐな道ならいいのですが、市街地などでは道がわからなくなって間違えたりします。そうすると「何やってんの！」「ちゃんと地図を見てよ！」と彼女は怒り出し、そのうちケンカになり、僕も頭に来て地図を引き破ります。すると、さらに彼女はパニックになり、最後は「もう別れよう！」となります。

「旅行なんかしなければ良かった」と思いながら、気まずい旅行が始まります。

『ひでえことを言うようですが、それは人間の行為というよりも動物の行為に近いのです』。

千石さんの『隠されていた聖書』を再び読み出したのは、何とかこの状況から抜け出したいと思ったからです。

『夫と妻のすばらしさは、一体の人格を発見するところにあるのでして、どこまでいっても他人意識のまま、肉体だけが一つになるような行為をつづけているのなら、ひでえことを言うようですが、それは人間の行為というよりも動物の行為に近いのです』。

そうか、動物なのか。動物ならケンカもします。

千石さんは一体になれば、ケンカをすることもなく、しあわせばかりが湧き出してくると言うのですが、一体に慣れない僕は神藏さんに対する憎しみと、自己嫌悪しか湧いてきません。

千石さんが言う、〝相手の中に自分を見る〟ことを真剣に考えるようになりました。

僕にとってやりたいことなんて何もないのではないか。そう思うと、自分が空っぽになったようでした。

もうひとつ、憂うつになることがありました。それは神藏さんが言った「他にやることがあるでしょう?」です。そう言われてから、僕はその言葉に呪縛されたようになっていました。

会社には毎日行っていましたが、取締役という仕事は〝仕事をしてはいけない仕事〟みたいなもので、机に座ってたまに書類にハンコを押すことぐらいしかしません。

何もしないで一日中机に座っているのは苦痛でした。本でも読もうと思っても、周りに人がいると気が散って読めません。たまりかねて会社を飛び出し、パチンコ店に飛び込んでいました。

自分はいったい何がやりたいんだろう。僕にとってやりたいことなんて何もないのではないか。そう思うと、自分が空っぽになったようでした。

表現はそれを見たり読んだりする人がいて成り立っていることがつくづくわかりました。

休みの日は、自分がやりたいことを見つけようとして、カメラとノートを持って近所をウロウロ歩き回っていました。何か思いついたらノートにメモし、喫茶店に入って文章にするのですが、つまらない自己反省文みたいなものにしかなりません。写真も人物が撮れないので、ただの風景写真です。

そのころ、『パチンコ必勝ガイド』のホームページに、僕が日記を書くコーナーを作ってもらいました。日記でも人に読んでもらうとなると、面白く書かないといけないので工夫します。

しばらく続けていたら、「日記、読んでますよ」とか「面白いですね」とか、人から言われるようになり、日記を書くことが生きがいのようになりました。表現はそれを見たり読んだりする人がいて成り立つのだということがつくづくわかりました。その日記は本にしてもらったりして、6年間続くことになります。

夫婦の中に嘘が入り込むと、どんなに頑張ってもしあわせは絶対に訪れません。

神蔵さんは嘘がつけない人でした。思ったことは何でも言うし、お世辞は言いません。それに反して、僕は嘘ばかりついてきました。

2人で一緒に暮らすようになったとき、「お互い嘘をつかないこと」という約束をしました。彼女は元々嘘をつかないので、それは僕に対する枷《かせ》です。

しかし、僕も嘘のない生活をしたいと思っていたのは事実です。

嘘は自分を弱くします。千石さんは嘘について、『夫婦の中に嘘が生じたとします。たかがちょっとした嘘ぐらいと思われるかもしれませんが、ちょっとであろうとそっとであろうと夫婦の中に嘘が入り込みますと、もうどんなにがんばっても、その夫婦にはしあわせは絶対に訪れません』と言い切っています。

僕にとって嘘のない生活は初めてで、最初は都合の悪いことはすぐ誤魔化していましたが、だんだん嘘のない生活に慣れてきました。それはものすごく快適な生活でした。

夫婦で目指すところがひとつになりました。

僕は『隠されていた聖書』を作って、「もう聖書はわかった」という気持ちになって、イエスの方舟からも遠ざかっていました。

しかし、神藏さんと出会ってから、今度は2人でイエスの方舟を再び訪れるようになりました。だいぶご無沙汰していましたが、イエスの方舟の人々は温かく僕たちを迎え入れてくれました。

聖書を勉強するということでは、僕より神藏さんの方が熱心で、集会で千石さんに質問したり、千石さんに手紙を書いたりするようになりました。そして、2人で目指すことがひとつになりました。それは〝神の合わせたまいしもの〟になるということです。

もちろんそれでケンカがなくなった訳ではないのですが、しあわせになれる着地点が見えたということは、希望が生まれたということです。

人間ドックで胃カメラや大腸検査をしたら、大腸がんが見つかりました。

あるとき、歩いているとフラフラするので、行きつけのクリニックに行きました。頭のＭＲＩを撮ったりしたのですが、異常は見つかりませんでした。先生から人間ドックを勧められたので、胃カメラや大腸検査をしたら、大腸にがんが見つかりました。まさか自分ががんになるなんて思ってもみませんでした。

しかし、考えてみれば２人に１人ががんにかかり、３人に１人ががんで死ぬと言われる時代です。確率的に、なってもおかしくはありません。しかも30代のころからかなり無理をしているのです。それに加えて、家出以降の種々のストレスも影響していたかもしれません。病気はそれらのことを知らせてくれる危険信号です。

がんは初期だったので、大腸を13センチ切っただけで、抗がん剤治療などしなくて済みました。

がんが契機になって、僕たちの生活は少し変わりました。

僕ががんだとわかったとき、神蔵さんは異常にテンションが上がりました。「みんなが心配するから内緒にしておこうね」と自分から言っていたのに、翌日からみんなに、「末井ががんになりました」と電話をかけまくっていました。それはおそらく、不安と心配の裏返しだったかもしれません。

入院中は毎日病院に来てくれたし、それまで家の整理整頓などあまりやったことがなかったのに、退院して家に帰るとびっくりするぐらい部屋が片づいていました。

このがんが契機になって、僕たちの生活は少し変わりました。僕は自分の体をいたわるようになったし、神蔵さんは僕に対して優しくなりました。そしてケンカが少なくなりました。

僕にとっては病気バンザイでした。

『自殺』を書いたことは、自分にとって大きなターニングポイントになりました。

東日本大震災は多くの人たちに色んな影響を与えたと思いますが、僕は震災が後押ししてくれて『自殺』（朝日出版社）という本を書くことができました。

この本の依頼は震災の1年前からあったのですが、なかなか書く気が起こらず、ずるずると決断を引き延ばしていました。ところがあの震災があって、心がざわざわし出し、自分も何かしないといけないと思うようになって、自殺を書き始めたのです。

『自殺』を書くことによって、自分が大きく変わりました。文章を書くという仕事が見つかったこと、心のことに目が向くようになったこと、会社を辞めても大丈夫だと思うようになったこと、『自殺』の発売によって色んな人と出会うことができたことなどがあって、『自殺』は自分にとっての大きなターニングポイントになりました。

会社の不祥事の責任を取るという形で会社を辞めることにしました。

東日本大震災の翌年、会社で不祥事がありました。会社の運命を左右する大きな事件でした。その責任を取って、僕は会社を辞めることにしました。

それまでにも会社を辞めたくなったことは何回かありました。ウツになって3ヵ月休職したこともあります。それでも会社を辞めなかったのは、会社にしがみついていたのではなく、自分にしがみついていたのではないかと思います。会社というものに支えられている自分にです。

しかし、それがすっぱり切れたのは、会社には申し訳ないですが、会社が不祥事を起こしたことと、前の年の震災と、『自殺』を書き始めたことです。僕はいつでも他力本願ですが、会社を辞めることもそうでした。

会社を辞めたら家に悪魔が入って来なくなりました。

僕は会社で大した仕事をしていた訳ではないのに、会社を辞めるとものすごく精神的にも肉体的にも楽になりました。

確かに、リストラに関わったり、売り上げを増やす方策もないのに売り上げを増やせと言わざるを得なかったり、何もしないで拷問のように一日中机に座っていたり、思い返せばストレスの原因はいっぱいあったかもしれません。しかし、そのくらいのストレスはあって当たり前のようにも思っていました。ストレスというものの怖さを知らなかったのです。

会社を辞めてしばらくして、神藏さんは「家に悪魔が入って来なくなったね」と言いました。そうか、僕がいつも悪魔を家に引っ張り込んでいたのか。

送別会のとき、「これからは妻をしあわせにします」と言いました。

勤めていたころ、会社に退職した取引先の営業の人が来ていました。「どうしたんですか？」と聞くと、「いやね、行くところがなくなってね。最初の3ヵ月は知人を訪ねたり旅行したりしてたんですけどね、もう行くところがないんですよ。女房は家にいられると困るって言うし」ということで遊びに来たのだそうです。

定年退職してみなさんどうしてるんでしょうね。暇を持て余しているんでしょうか。

僕が退職するときに、会社のみんなが送別会を開いてくれました。その挨拶のとき、「これからは妻をしあわせにします」と言いました。そう言える自分がカッコいいと思いました。自惚れですか？

自分の一番のコンプレックスだった母親の自殺が、僕の看板のようになりました。

『自殺』という本でも書きましたが、若いころの僕は母親のダイナマイト心中のことを人に話せないでいました。それが話せるようになったのは、デザインという曲がりなりにも表現に関わる仕事に就き、それから出版の仕事に就き、この人になら言ってもいいかなという人に出会えたからです。

それからは、人がもう聞き飽きたと言っても、死んだ母親が草葉の陰で「昭ちゃん、もうやめて！」と言っても、喋り続け、書き続けて来ました。そのおかげで、『素敵なダイナマイトスキャンダル』（ちくま文庫）という本ができたし、それが映画にもなりました。

自分の一番のコンプレックスであった母親の自殺が、僕の看板のようになったのです。それが一般論になるかどうかわかりませんが、自分のコンプレックスは人に晒《さら》し続けるほうが良いと思います。

母親は爆発して僕を村から吹き飛ばしてくれたのかもしれません。

神藏さんを連れて、僕が生まれ育った岡山の山奥の村へ何度か行ったことがあります。山奥の村といっても、山そのものはせいぜい標高2、300mぐらいの山ばかりで、圧迫感はそれほどありません。

一番高い山は、高顕寺《こうけんじ》というお寺の裏手にある標高539mの八塔寺山《はっとうじさん》で、良く晴れた日には頂上から瀬戸内海や四国の山々も見えると言われています。

その山に登ったとき、頂上から村を眺めながら、彼女が「お母さんがダイナマイト自殺したから、村に縛りつけられないで済んだんじゃない?」と言いました。確かに、母親の見舞いに行ったときから都会に憧れ、母親の自殺があったから村を離れたいと思った訳だからそうかもしれません。母親は爆発して僕を村から吹き飛ばしてくれたのかもしれません。

転がるたどんのように。

〝転がる石のように〟、というとカッコ良すぎるから言い直しますが、僕は〝転がるたどん〟のような生き方をしてきたように思います。自分から何かに向かって突き進んで行くのではなく、何かの引力に引かれてコロコロ転がり続けているだけです。

その引力が、工場だったり、キャバレーだったり、エロ本だったり、イエスの方舟だったり、パチンコだったり、ギャンブルだったり、神藏さんだったり……転がる先に色んな出会いがあり、色んな出来事があり、うまくいったときもあれば、失敗ばかりのときもありました。それらはすべて偶然ですが、僕にとっては必然ではなかったかと思えるようになりました。やっとこの年になって自己肯定できるようになったのです。もしあのとき、工場に留まっていたら、キャバレーに留まっていたら、エロ本に留まっていたら……と考えると、おそらくつまんなかっただろうなと思います。

これから先も、たどんのように転がり続けるのだと思います。どこに向かって転がって行くのかわかりませんけど、楽しみではあります。

人は良い方にどんどん変わっていけるということは、希望があるということです。

このところ、自分の過去を振り返って何か書くことが多いのですが、昔の自分を思い出しながら、笑っている自分がいます。

それは、昔の自分から脱皮したことです。千石さんが言っていた〝自分を脱ぐ〟ということはこういうことなのかなと思うことがあります。本当の自由とは、自分の欲望を満たすのではなく、自分というものから解放されることなのかもしれません。それは自我からの解放になるのですが、その根本のところはおそらく死ぬまで無理だと思います。

しかし、人間は次々と脱皮して、自分を変えていくことができるということはわかって来ました。あんなに険悪な神藏さんとの関係も、読者の方々にもご心配をおかけしましたが、お互いが変わって今は仲良くなりました。人は良い方にどんどん変わっていけるということは希望があるということです。みなさんも、希望を失わないように。

あとがきに変えて

真の自由とはエゴからも解放されること

聞き手　松田義人（編集担当）

松田　末井さん、お疲れさまでした。原稿をありがとうございました。

末井　結構キツかったですね、この本は。

松田　すみませんでした。この本は当初、「末井さんの自伝映画（『素敵なダイナマイトスキャンダル』）が2018年3月に公開される」と聞き、「映画公開のタイミングで、末井さんの解体全書のような本を出したい」と思って1年くらい企画をやっていたのですが、なかなか折り合いがつかなかったんです。

　それで太田出版の岡さん、村上さんに相談したら「作り込んだ本ではなく、末井さんの名言集とか語録のような、シンプルでヒリヒリした本にしたらどうか」と言ってくださって。それでこういう本になりました。

末井　最初はね「松田くんがやるなら、どうでもいいや」と思ってたの。

松田　「どうでもいいや」って（笑）。

末井　いや、松田くんが考えてくれるなら「どうでもいい」と（笑）。でも、結果的に僕が考えないといけなくなったから、結構キツかったんです。

　しかも、与えられた時間は336時

間、つまり2週間。睡眠の時間、食事の時間、散歩の時間などを差し引くと、168時間ぐらいだったんです。

「はじめに」でも書きましたが、僕はまず1個をどのくらいの時間で書かないといけないか計算するんです。168時間を138で割ると1・2173……となり、1つのエピソードを書くのに約1時間12分。自分のことを書けばいいのだからできるだろう、と考えて始めたけど、なかなか進まなかったですね。2017年の年末に言われて、お正月も部屋に引きこもってひたすら書いてたんだけど、計算通りにはいかないんだよね。気がついたら僕はもう70ですから、集中力が続かないんです。続いても1日2、3時間くらいのもので、あとはボーッと机に座っているという(笑)。

松田　でも、記憶力がすごいですよね。末井さんは若い頃から日記をつけられていて、何冊もノートがあると聞いたことがあります。この本のエピソードはそういう過去の日記から引用してくださったのですか?

末井　それはほとんどないですね。これまで自分の過去のことばかり書いてきたから思い出せるんだけど、前に書いた本とダブってるところもありますね。だから、どれかのエピソードを読んで、もっと知りたいと思う人は『自殺』か『結婚』を読んで欲しいですね。そっちのほうが詳しく書いていますので。

＊＊＊

松田　この本の「はじめに」で、「30年ほど前までは自分の力で生きてやろうと思っていた」とありましたが。

末井　やっぱり〝人はひとりで〟ということが基本にあったからね。母親も自分勝手に死んでいくし、父親も自分のことしか考えない人だったし。

だから、人間は自分のことしか考えないものだとずっと思ってたの。その考えは今も完全にはぬぐい去れないところもあるんだけどね。

松田　〝人はひとりで〟が少し和らいでいったのは何がきっかけだったんですか?

末井　やっぱり雑誌だろうね。雑誌っていろんな人との関わりがないとできないですから。それでも最初は自分の雑誌、自分の表現にこだわっていたけど、自分よりすごい人がたくさんいると思ったし、人と人が繋がることの楽しさを知ったし、人はひとりでは生きられないことを徐々に覚えていったような気はしますね。

あとはイエスの方舟の千石剛賢さんを通して、聖書を知ったことが大きい。

松田　前の奥さんとは、そういった仕事を通して感じたこととか、人との繋がりといった話をされることはなかったんですか？

末井　前の奥さんは、「平穏な日常をただ生きていきたいだけ」みたいな人で、本も読まないから、話す内容が日常会話しかできなかったの。僕はずっと雑誌を作っているから、常に非日常的なことを考えているわけですよ。そうなると、なんか日常とのギャップが出てくるんです。

松田　雑誌を作るのに、「常に非日常的なことを考える」とは？

末井　「ご飯を食べて、風呂に入って、寝ました」っていうことは、文学にはなるかもしれないけど、雑誌にはならないですから。

雑誌は常にアッと驚かせないといけないから、そういうことばっかりずっと考えているわけです。寝ていても、頭の中に「次どうしよう」っていうことがずっとあるから、24時間雑誌のことを考えているわけですね。でも、そういう変なことばっかり考えてると、当然日常との落差が出てくるんです。

あと、家庭というもののイメージがもともと持てなかったから、前の奥さんと暮らして家を買ったりしても、なんか嘘っぱちみたいな感じがして。

公園なんかに行くと、芝生にシート敷いてそれぞれの家庭がポツポツ並んでいるんだけど、それが気持ち悪いんですね。それぞれのシートに「自分たちだけ良けりゃいい」みたいなエゴがあるような気がして。子どもも嫌いだし。本当は前の奥さんとの間に、子どもがいればよかったんだろうけど。

松田　末井さんが色んな女の人と付き合っていたのは、そういう家庭とのギャップ、日常への違和感を感じていたことも理由だったんですか？

末井　それはどうかなぁ……。ただ「セックスがしたい」というのはあったんだよね（笑）。

あとは好奇心ですね。僕は、大人になるまで恋愛的なことをほとんどしてこなかったから、恋愛に対して、大きな幻想を抱いていたんです。だけど、現実は何回かセックスしてるうちに飽きてきて、恋愛ってこんなものなのかなと思って、また次の人へってなるんです。

＊＊＊

松田　お金はどうですか？　この本を読むと、田中健二郎さんとの競馬とかも、だんだん投げやりな打ち方になって。でも、金額は大きいから、それがまた怖いですね。

末井　もともと僕はね、ある程度快適に生活できるお金があれば十分だと思ってたんです。

でも、この本にも書いたけど、『MABO』のスタッフに退職金をあげたかったこともあって先物を始めて、そのうちギャンブルや不動産投機をやり始めて、どんどん借金が増えていったという。

『MABO』は売れなかったけど、『写真時代』とか『パチンコ必勝ガイド』は結構売れて、会社もものすごく儲かったんだけど、僕はどんどん借金地獄に陥っていくっていう。会社の利益と僕の借金は別問題だけど。

不動産をやり始めて、銀行から500万だとか8000万だとかボコボコ借りて、それまでとは桁が違うお金を見たり、動かすようになって、感覚がおかしくなったところはあったかもしれないですね。

なんかね、歯止めがきかないんですよ。オフクロの血を引いているからかもしれないけど、最後は「どうにでもなれ」みたいな気持ちになるんです。

今でも、ときどき「どうにでもなれ」と思うことがあって、「おお、危ない危ない」と思ったり（笑）。ブレーキは効くようにはなりましたけど。

松田　末井さんは、以前ご自身の人生を振り返って、「それまでの状態が、ピャッと寸断されることの連続だった」とも言っていました。

末井　母親が突然爆発していなくなったのは大きいね。虚無感みたいなものを、そのとき植えつけられたような気がする。あと、工場こそすべてと思って入ったら、そこは地獄だったとか、そういうことの繰り返しだったから、なんでもあまり期待しない癖がついたかもしれない。満たされないという気持ちは、今もありますね。

＊＊＊

松田　そういう虚無感に対して、過去の本で末井さんは「心に風が吹いていた」とも書かれていました。最初意味がわからなくて、末井さんに聞いたら「心に穴がポッカリ開いていて、そこに風が吹き込んでくる」と言っていました。
末井　虚無だと、まぁ風は吹きますよね。
松田　聖書と出会い、神藏さんと出会ったことで、そういう虚無感は薄まっていったんですか？
末井　聖書に出会ったのは（神藏）美子ちゃんと出会うよりも10年前だったんだけどね。
さっき言ったように、人はひとりだし、僕は僕で生きているし、誰の世話にもならないで、そのまま死んでいくだけだと思ってたわけです。でも聖書を知って、すぐにではないけど、少しずつ変わっていったんだよね。もちろん、美子ちゃんとの出会いも大きかった。

美子ちゃんとはね、聖書に書いてあることを指針にできたのが良かったんです。聖書は一緒に実践する人がいたほうがいいし、特に夫婦で聖書を実践するというのはやりやすいんですよ。

ただね、この本もそうだけど、聖書のことを文章にするのって難しいんだよね。

聖書には絶対なる正しい法則が書かれているわけだから、どうしても「こうである」って断定しないといけないんだけど、これが僕には難しい。

松田　末井さんの文章は強い表現ではないですもんね。断定することがあんまりない。

末井　そりゃそうですよ。「そうかもしれないけど、そうじゃないかもしれない」と思うから。「○○である！」って言い切る人が多いけど、「なんで断定できるの？」と思う。

松田　確かに（笑）。

末井　みんな不安定な中で生きているしさ、人それぞれ良いところもあれば、悪いところもあるわけでしょう。だから、「○○さんは良い人です」と断定はできないわけですよ（笑）。

それだったら、「○○さんは良いところもあるけど、悪いところもある人です！」のほうがリアルですね。ただ、そうなると、読んでる人は「ん？　どっちなんだ」と思うから、この辺が難しいんです（笑）。

＊＊＊

松田　今年で70歳になられますが、全然そうは見えないですね。

末井　自分でも思えないですね。同世代の人と話をしても、なんか話が噛み合わないの。同世代の人から「最近、体を鍛えてる」みたいな話を聞かされても「そうですか」としか言えない。

松田　末井さんはよく「人はだいたい演技して年をとる」とも言われていました。つまり、「○○歳くらいはこういう振る舞いをしないといけない」と自分で決めて、その役を演じるようになって、それでどんどん老け込んでいく……というような。

末井　あと、若い人といると、自分が年上の演技をしちゃう人とかね。「君たちねー」みたいな（笑）。

僕はそういうことが全然ないんです。僕の世代の子どもよりも下の30代の人とかとよく接することがあるけど、向こうから怒られることもあるし、全然対等ですよ。でも、そのほうが気持ち良いし、楽しいでしょう。

赤塚不二夫さんが言っていた「自分が一番低い人間だと思っているほうがいい。そうしたら、みんなが色々なことを教えてくれる」っていうことを僕も指針にしているけど、そのほうが本当に楽だし、楽しくていいですよ。

松田 「何歳まで生きてやる」みたいなものもないんですよね？

末井 ないですね。だって自分では決められないですよ、そんなこと。年をとって体を鍛え始めたりする人って、きっと病気や死が怖いからだと思うけど、でも人間いつか死にますから。

「私は120まで生きます」みたいなことを言う人もいるけど、「え？　何言ってんの？」って思いますよ（笑）。「どうしてもやりたいことがある」「守りたい人がいる」「だから生きようと思う」とかの理由があるならまだわかるけど、ただ闇雲に「長生きしたい」と言われてもね。

やっぱり、自分ということの束縛から逃れることができるのが一番の自由だと思うんだよね。自分で自分を縛ってさ、そのことで苦しんでいる人って結構多いんじゃないかなと思います。

松田 この本の何度かの打ち合わせの際、「本当の自由とは、自分のエゴから解放されることだ」という話も末井さんから聞きました。

末井 自分は望みどおりのことができて自由だという人もいるけど、自分のエゴに縛られている以上、幸せにはならないでしょう。常に〝自分と人〟という対比で生きているんだから、人に嫉妬したり人を憎んだりしますよね。その結果は不幸しかないわけだから。

だから、自分のエゴからも解放されないと、真の自由にはならないと思う。また、そういう状態になることができたら、きっと楽しいと思いますよ。

松田 「今を楽しく過ごせば、明日も楽しい。ということは、未来も楽しい。今の先に明日があり、明日の先は未来に繋がってるから」という話も末井さんから聞いたことがあります。これも良い言葉ですね。

末井 だから僕はなるべく明日のことも考えないですよ。仕事などの予定はあるけど、なるべく今だけ。

ただね、今を楽しくしたい気持ちはあるんだけど、最近はさすがに年で結構眠くなるんですよ。この本を書くのだって机に向かってはいたけど、すぐボーッとしていましたから。

だから、今を楽しくするのも大事だけど、ボーッとしたいときはボーッとしていても良いと（笑）。最近はそう思ってます。

末井　昭（すえい・あきら）

1948年、岡山県生まれ。高校卒業後、大阪の工場へ集団就職。その後、上京して自動車工場勤務、デザイン学校入学、ディスプレイ会社勤務、キャバレー勤務、フリーの看板描き、イラストレーターと職業を転々とした後、1975年、セルフ出版（のちに白夜書房と改称）の設立に参加。編集者として『ウィークエンドスーパー』（1977年）『写真時代』（1981年）『パチンコ必勝ガイド』（1988年）などを創刊。2012年に白夜書房を退社し、現在はエッセイスト、フリー編集者、サックス奏者として活動。主な著書に『素敵なダイナマイトスキャンダル』（ちくま文庫）、『自殺』（朝日出版社）、『結婚』（平凡社）、『末井昭のダイナマイト人生相談』（亜紀書房）などがある。2014年、『自殺』で第三十回講談社エッセイ賞を受賞。

生きる

著者　末井昭

2018年3月10日　初版発行

発行人　岡聡

発行所　株式会社太田出版

〒160-8571　東京都新宿区愛住町22　第3山田ビル4F

電話　03（3359）6262

振替　00120-6-162166

ホームページ　http://www.ohtabooks.com/

印刷・製本　株式会社シナノ

装丁　坂脇慶

装画　近藤さくら

編集　松田義人（deco）・村上清（太田出版）・松尾みどり

乱丁・落丁はお取替えします。

ISBN978-4-7783-1617-4 C0095